禁断の義母

雨宮　慶

マドンナメイト

禁断の義母

第一章　禁断の夜

1

「話は変わるけど、洸介《こうすけ》くん、美樹《みき》とはちゃんと連絡を取り合ってるの？」

ナイフとフォークを使っている手を止めて、義母の美沙緒《みさお》がいささか唐突に訊いてきた。

ここまでは洸介が広告会社に勤めていることもあって、このところマスコミが連日取り上げている広告業界の談合事件や、そこから政治や経済がらみの話などをしていたのだ。

「え？　……ええ、まあ……」

洸介はあいまいに答えた。ほとんど無意識に苦笑いしていた。

「やっぱり、あまり取り合ってはないようね」

義母はワインを一口飲んでから決めつけたようにいった。

「あの子、わたしが電話やメールしても、『忙しい』だの『変わりない』だの、木で鼻をくくったみたいな返事しかしないし、洸介くんと連絡を取り合ってるかって訊くと『取ってるわよ』っていってたけど、どうも口ぶりからして疑わしいとは思ってたの」

「すみません」

洸介は思わず謝っていた。

「なにも洸介くんが謝ることはないわよ、いけないのは美樹なんですもの」

美沙緒は娘に憤慨していった。

「謝るとしたら、母親のわたしもあらためて洸介くんに謝らなければいけないわ。わがままな娘のせいで、いろいろ不自由させて本当にごめんなさい」

「そんな、お義母《かあ》さん、やめてください」

頭を下げる義母を、洸介はあわてて制した。

義母が「あらためて」といったのは、娘の美樹のことでこれまでなんども洸介に謝っていたからだった。

「ぼくたちのことは、なんどもいってるようにふたりでよく話し合って決めたことですから。それに美樹は実際、がんばって忙しくやってるようですよ」

洸介は取りなすようにいった。

「それより、あっちとこっちでは時間のズレがあるので、おたがいにへんに邪魔をしてはいけないというのもあって、ぼくたちもなかなか連絡を取りづらいんです。ただ、メールで安否確認だけはしていますけど。『元気？』とか『変わりない？』とか」

「安否確認だなんて……」

義母はあきれたようすで、なんて夫婦なのといわんばかりに苦笑した。

それも無理はない、と洸介自身思う。なにしろ、美沙緒の娘で、洸介の妻である美樹は、結婚して一年にも満たない半年ほど前に夫の洸介を日本に残して単身ニューヨークにいったのだ。

美樹は洸介より二歳年下の二十四歳で、駆け出しのジャズシンガーである。

ニューヨーク行きの目的は、本場の刺戟的で厳しい環境のもとで修行して名を成したいためで、その夢を叶えるにはいましかないという強い思いにかられてのことだった。

美樹からニューヨーク行きを切り出されたとき、洸介は正直いって面食らった。これまでにそんな話を聞いたこともなかったからだ。

それよりなにより、ふたりはまだ新婚ムードが抜けない状態にあった。少なくとも洸介はそうだった。

ところが美樹のほうは、ニューヨーク行きの熱が新婚ムードのそれを上回っていた。

もともと彼女にはエキセントリックなところがあるうえに、自分でこうと思ったらよくもわるくも信念を曲げない頑固な面がある。

そういうところがアーティストタイプであったり、彼女の個性であったりして、洸介としてはそこに惹かれたのだが、まさか結婚して一年もしないうちに別居生活を強いられるとは、当然のことながら夢にも思わなかった。

ただ、この美樹のニューヨーク行きに『待った』をかけたのは、洸介ではなかった。美樹の両親だった。

美樹は、新聞社の政治部長をしている父親の瀬島俊樹《せしまとしき》と、国際政治学が専門の女子大教授の母親、美沙緒との間に生まれた一人娘である。

洸介が結婚の許しをもらうために美樹の実家を訪問したとき、父親の瀬島俊樹は洸介にこういったものだ。――その前、付き合っている間にいちど美樹の両親には会っていて、両親は洸介のことを「安西《あんざい》くん」と姓で呼んでいた。

「安西くん、親がこんなことをいうのはどうかと思うかもしれないが、これはひとえにふたりが幸せになることを願ってのことだと理解して聞いてほしい。もうきみもわかってると思うけれど、美樹はとてもわがままな娘だ。結婚したら、安西くんが苦労することは目に見えている。それを覚悟のうえで結婚したいということであれば、わたしも妻も反対はしない。それどころか、こんな娘をもらってくれてお礼をいいたいぐらいだ」

それを、母親の美沙緒は夫の横で黙って聞いていた。

美樹は父親に憤慨した。

「ひどいわ。なによ、こんな娘なんて。それにもらってくれてだなんて、わたしはものじゃないですからね」

父親は笑って取り合わなかったが、結果的には父親のいったとおりになった。

そのため、独り暮らしを余儀なくされた洸介に、両親は――とりわけ母親の美沙緒は、とても申し訳なく思ったのか、なにかと気づかってくれた。独り暮らしを案じてときおり電話をくれたり、日用品や食料品を届けてくれたり、たまに食事に誘ってくれたりもした。

多忙な仕事を抱えている義母の気遣いには、むしろ洸介のほうが申し訳なく思い、当初は恐縮しきりだった。

当初は——というのは、そうやって義母と話したり会ったりしているうちに、いつのまにか洸介自身予想だにしなかった、それも戸惑い困惑する気持ちがめばえてきて、恐縮に代わって義母とのそれが楽しみになってきたからだ。

それだけではない。いつのまにか、胸がときめくようになった。

そうこうするうち、洸介は美沙緒にすっかり心を奪われてしまっていた。あろうことか、好きになってしまったのだ。

美沙緒は、四十七歳である。夫がいて、なにより一人娘は洸介の妻で、洸介にとっては義母になる。

そんな相手を好きになってしまうなんてどうかしてる。まともじゃない。

自分のことながら洸介はそう思った。

新婚同然の妻から独り暮らしを強いられて、そのストレスから頭がおかしくなったんじゃないかとさえ思った。

洸介は懊悩した。

――こんなこと、許されないのはわかってる。だけど、頭がおかしくなっているわけじゃない。純粋にお義母さんのことが好きになってしまったのだ。というより、好きになった人がお義母さんだったのだ。

とはいえ、もとより片思いであって、しかもまったく現実味のない、妄想の類でしかなかった。

洸介は考えてみた。

――かりにお義母さんに俺の気持ちを打ち明けたとする。結果は眼に見えている。お義母さんは当然驚いて、それ以上にあきれて怒りだすだろう。そればかりか、こんな恥知らずな男と娘を一緒にしてはおけないといって、美樹と離婚させようとするかもしれない。

それを思うと、洸介の義母への熱い思いは行き場を失って、懊悩の中をグルグル回るだけだった。

にもかかわらず、洸介はその思いを絶つことができなかった。

それどころか、そんな胸のうちを隠して義母と会っていると、ますます恋情がつのって苦しめられる羽目になった。

義母の美沙緒は四十七歳という年齢よりも若く見える。艶のある黒いロングヘアがよく似合う、どこかコケティッシュな雰囲気を醸しだしている顔だちと、肌の色艶がいいせいだった。

それに中肉中背だけどプロポーションがいい。しかも均整が取れているというだけでなく、職業柄、制服のようになっているスーツの上からでも色っぽく熟れているだろう女体が感じられて、まさに大人の女ならではのセクシーさがにじみ出ている。

こんな魅力的な国際政治学者を、メディアが見逃すはずもない。美沙緒はときおりコメンテーターとしてテレビに出たり、新聞や雑誌などのインタビューに応じたり、みずからも記事を書いたりしている。

女性としての魅力だけでなく、そんな知的な仕事ぶりも、洸介が美沙緒に魅せられ惹《ひ》かれた要因だった。

もっとも、それがますますもって問題だった。

なぜならそんな美沙緒が、なおのこと洸介の気持ちをわかってくれるはずもなく、そう考えると、もはや絶望的になるからだった。

それに義父のこともあった。義母を好きになったときから義父に対する罪悪感が頭から離れなかった。

それとはべつに気になっていることもあった。義父は妻が娘婿とたびたびふたりきりで会っているのをどう思っているのだろう。そして、義母はそのことを夫にどういっているのだろう、ということだった。

もっともこれは、義母に訊けばわかるかもしれなかった。だが洸介は訊けなかった。なんとなく、夫婦の間のことを詮索するようで、そんなことをすると義母に不快な思いをさせていやがられるのではないか、という気がしたからだった。

その一方で、義母への思いは募るばかり。こうなると、治療の施しようがない病にかかっているも同然だった。

そんな精神状態のまま、洸介は今夜も義母の気づかいによって誘われたホテルの中にあるフレンチレストランで、いつもどおり苦しい胸のうちを抑えながら、表向きは何食わぬ顔を装って、義母とのディナーに付き合っているのだった。

ふたりの会話は、洸介と美樹のことからおたがいの仕事にからんだ話に変わっていた。

「じつはこの前、知り合いのテレビディレクターから、ユーチューブやってみないかっていわれたんだけど、洸介くんどう思う?」

ちょうどコース料理を食べ終わったところで、そう義母に訊かれて、洸介はいった。

「それ、いいんじゃないですか。ちょうど世界がキナ臭くなっているときですし、タイミング的にもいいと思いますよ。それにお義母さんきれいで魅力的だから、世界情勢なんて硬い話を、お義母さんがわかりやすく解説したり分析したりしたら、フォロワーが確実に増えますよ」

「いやァね、きれいで魅力的だなんて、お世辞がすぎるわよ」

義母は洸介を色っぽく睨んだ。

つい本音を漏らした洸介はドギマギしてしまった。まともに義母の顔が見られず、返す言葉もなくうつむいていると、

「ところで洸介くん、明日仕事は？」

義母が訊いてきた。

明日は土曜日で、洸介が勤めている広告会社は休みだった。

「休みです」

「なにか予定あるの？」

「いえ、とくにないですけど……」

「じゃあ、帰りが少しくらい遅くなっても大丈夫?」

「ええ、大丈夫です」

洸介は胸がときめくのをおぼえながら答えた。

「わたしも明日はお休みなの。それでってわけでもないんだけど、今夜はわたし、もう少し飲みたい気分なの。洸介くん、よかったら付き合ってくれない?」

義母が洸介を真っ直ぐ見つめて訊く。

「いいですよ」

洸介は思わず気負って答えた。ドキドキしていた。義母の眼つきにいままで見たことのない、圧倒されるような妖しさが感じられたからだ。

眼つきだけでなく、表情にもそれがあった。

だがすぐに洸介は内心あわてた。変に気負って答えたので、義母への密かな思いに気づかれたのではないか、気づかれないまでもおかしいと疑われたのではないかと思ったのだ。

その動揺をごまかそうとしてすすんで尋ねた。

「だけどお義母さん、もう少し飲みたいって、なにかいやなことでもあったんですか」

「ええまあ……そうね、いやなことにもいろいろあるけれど、ある意味、あまりにもありふれたいやなこと、とでもいうべきかしら」

義母は微苦笑してちょっと考えてからいった。それもなぜか醒《さ》めたような表情と投げやりな口調で。

そのようすを見て、どういうことか洸介は訊くことができなかった。なにか触れてはいけないような気がしたからだった。

2

フレンチレストランを出ると、美沙緒は洸介をホテルの最上階のラウンジに連れていった。

窓に面しているソファ席につくと、ふたりは並んで座った。店内に背を向けた格好だった。

ふたりの前にローテーブルがあって、テーブルが接しているガラス窓の向こうに都心の夜景がひろがっていた。

ウエイターがきて、義母はカクテルを注文した。注文を訊かれて洸介は義母と同じものを頼んだ。

「お義母さん、ここ、よくこられるんですか」

店内に入ったときのようすで、義母が馴染み客のように見えたため、洸介は訊いてみた。

「このホテル、ときどき利用してるの。そのときは大抵きてるわね」

義母は脚を組んでいった。

洸介が眼にする義母の服装は、自宅以外では決まってスーツで、この夜も春らしい淡いグリーンのスーツを着ている。

その膝丈のタイトスカートから覗いているきれいな脚の動きに、洸介は一瞬つい眼を奪われて、あわてて義母の顔に視線を移した。

「利用してるって、仕事の関係とかでですか」

「そういうときもあるけど、プライベートでも……」

「お義父《とう》さんと食事するとか」

「ううん、夫と一緒のことは一度もないわ。プライベートのときはいつもわたしひとりよ」

「ひとりですか」

洸介は驚いて訊いた。

「そうよ、ひとりで泊まるの」

義母は事も無げにいう。

洸介が唖然としていると、飲み物が運ばれてきた。

ふたりはグラスを持ち上げて乾杯した。

窓ガラスに夜景の中に浮かんだようにふたりの姿が写っている。洸介はカクテルを一口飲んで、グラスを傾けている義母を見て思った。

きれいだ、色っぽい。

そのとき、義母がグラスを手にしたまま、窓ガラスを通して洸介を見た。

洸介はドキッとし、そしてあわてた。義母の眼つきが色っぽく、しかも笑っているように見えて、胸のうちを見透かされたように思ったからだ。

「おかしいわよね、プライベートでひとりホテルに泊まるなんて」

義母は自嘲ぎみにいうと、ピンク色のルージュを引いた蠱惑的な唇にグラスを運んだ。

洸介が返す言葉がなく当惑していると、カクテルを飲んでからグラスを見つめたまま、

「でも、結婚生活もながくなると、ひとりになりたいときもあるのよ」

と、こんどはつぶやくようにいう。

洸介がますます当惑していると、

「ごめんなさい。こんなこと、新婚同然で独り暮らしを強いられてる洸介くんにいうべきことじゃないわね」

義母は苦笑いして謝った。

「いえ……だけど、お義父さん、心配されるんじゃないですか」

「それはないわ」

義母は即答すると、洸介に笑いかけて、

「洸介くんから見て、わたしたち夫婦、どんな感じに見えて？」

「お似合いの夫婦に見えます」

実際、洸介はそう思っていた。

「よくそういわれるけど、傍目にはそう見えるんでしょうね。おたがいに自由で、相手に干渉しない。そういう点が共通してるからかしら」

義母が苦笑を浮かべていった。自嘲ぎみの笑みだった。

洸介はどう返したらいいかわからず、困惑した。

「でも、はじめからそうだったわけじゃないのよ。物事なんでもそうだけど、年月とともに変わる。夫婦関係だって例外じゃないってことよ」

義母はどこか他人ごとのようにいうとカクテルを飲み干して、ウエイターを呼んだ。

洸介もまた義母と同じカクテルを注文した。

「美樹がニューヨークにいってもう半年すぎちゃったけど、洸介くん、美樹との結婚、本当のところはどう思ってるの？」

新しいカクテルがくると、義母が訊いてきた。

「どういうことですか」

洸介は訊き返した。

「だってあの子、半年に一回くらいは帰ってくるっていってたのに、もう半年以上になるのよ。このぶんだと一年たっても帰ってくるかどうかわからないわよ。ううん、いつ帰ってくるかわからない。そうなったら、洸介くん、どうするつもり？」

「それはないと思いますけど……」

「わたし考えてたの。このままの状態がつづいたら、美樹はもちろんだけどわたしや夫にわるいなんて思わないで、洸介くんには離婚を考えてほしいって。親としていえることは、それくらいしかないって」

「お義母さん、それは考えすぎですよ」

「だって洸介くん、二十六歳でしょ。その歳で不自由な結婚生活を送っていたら、好きな人ができてもなんら不思議じゃないし、むしろ当然よ。そうでしょ？」

「そんな、同意を求められても困りますよ」

「どうして？　あら、もしかして洸介くん、もう好きな人がいるとか」

困惑している洸介とは反対に、義母は顔を輝かせ声を弾ませていう。明らかに洸介をからかっている感じだ。

「いませんよ、そんな人」

洸介はムキになっていった。

からかわれているとわかって、とっさに『います、それはお義母さんです』と打ち明けたい衝動にかられたが、そんなことをいえるはずもなく、それでそんな反応になったのだ。

「あらめずらしい、洸介くんが感情的になるなんて。てことはますますあやしいわ。やっぱり、好きな人、いるんじゃない？」

おもしろがっているように、義母がなおも訊く。

「いませんて。いたら、真っ先にお義母さんにいいますよ」

洸介は思わずいった。

「わたしに？」

義母が驚いたように自分の顔を指差して訊く。

ただ、とろんとした表情をしている。アルコールはいける口の義母だが、さすがに酔いがまわってきているようだ。

無理もない。今夜は食事のときからワインを飲むピッチがいつになく速く、二杯目のカクテルも、もう空になっている。

酔った義母の表情が色っぽく、洸介はドキドキしながら重ねていった。

「ええ、お義母さんに打ち明けます」

「そう」

義母は笑みを浮かべてうなずくと、

「でもなんだかおかしな話ね、わたしと洸介くんがこんなことを話してるなんて。美樹に知られたら、ふたりとも怒られちゃうわね。これはあの子には内緒にしておきましょ」

秘密めかしたような眼つきで洸介を見ていう。

「もちろんです」

洸介はいった。義母のいうとおり、おかしな話だが、なんだか義母と秘密を共有しているような気がして、声が弾んでいた。

そこで義母はまたカクテルを注文した。こんどはちがう種類のカクテルだったが、「洸介くんは?」と訊かれて、洸介も同じものを付き合うことにした。

「お義母さん、大丈夫ですか。めずらしく酔ってらっしゃるみたいですけど」

ウエイターがさがると、洸介は心配になって訊いた。

「大丈夫よ。今夜はわたし、ここに部屋を取ってるから」

「え!? そうなんですか」

「そう。だから平気よ」

驚いた洸介は、義母の表情に見とれた。いままで見たことのない色っぽさが浮かんでいたからだ。素面のときにもある色っぽさは、毅然としたようすから感じられる、いわば硬質なそれだけど、いまはその硬さがなく、女が生々しくにじみ出ているような艶かしい表情をしている。

「どうかして? わたしの顔になにかついてる?」

義母に訊かれて、洸介はあわてていった。

「いえ、なにも。すみません」

「おかしな人。洸介くんこそ、酔ってるんじゃない？」

義母は笑っていった。洸介は苦笑いして、

「ええ、少し……でも大丈夫です」

「そう」

といって義母はカクテルを一口飲むと、

「それより洸介くんて、好きな女性のタイプは、もともと美樹のようなタイプだったの？」

「え？　ええ、まあそうですけど……」

「こんなこと、わたしに訊かれたら、そういうしかないわよね」

義母はまたおかしそうに笑っていってカクテルを飲む。

洸介もカクテルを飲むと、アルコールの酔いと義母の笑いに背中を押されたような気持ちになっていった。

「こんなことといったら、怒られちゃうかもしれませんけど、ぼく、本当に好きなタイプは、お義母さんなんです」

「エッ⁉」

洸介はうつむいていてわからなかったが、義母は唖然として絶句したようだ。

重苦しい沈黙が流れた。洸介は激しく動揺したまま、沈黙に耐えかねていった。

「すみません」

「やっぱり洸介くん、わたしよりも酔っぱらってるんだわ」

義母が笑いをこらえたような口調でいった。

3

「洸介くん、わるいけど、部屋まで連れてって」

ラウンジを出ると、義母はそういって洸介の腕に腕をからめてきた。

「ええ、いいですよ」

洸介は驚くと同時に胸が高鳴った。そのせいで声がうわずっていた。

ルームナンバーを訊くと、二階下だった。

そのまま、ふたりはエレベーターに乗った。洸介も酔っていたが、義母のほうがもっと酔っているらしく、洸介につかまっていないと立っていられないようすで、こんな義母の姿を見たのははじめてだった。

ふたりきりのエレベーターの中で、洸介は当惑した。スーツ越しに、重たげに張った感じの胸の膨らみが腕に当たって、いやでも心臓が激しく音をたて、それが義母に気づかれるのではないかと気が気ではなかった。

義母は酔っていてなんとも思っていないのか、しっかり洸介の腕につかまっている。

それをいいことに洸介はエレベーターを降りる際、義母をうながす仕種に便乗してそっと肩を抱いた。

義母はなにもいわなかった。そのまま廊下を歩いて部屋の前までいくと、バッグからカードキーを取り出して洸介に渡した。

――ということは、部屋の中まで連れていってほしいということにほかならない。

部屋の前で『ここでいい』といわれるのではないかと心配していた洸介は、そう考えて胸をときめかせながらドアを開け、義母を抱きかかえて室内に入った。

部屋はシングルだった。それでもビジネスホテルのそれとちがって、狭いという感じはなかった。

ベッドのほかにライティングデスクとドレッサーを兼ねたような机と椅子があったが、足どりがおぼつかないほど酔っている義母をその椅子に座らせるのは危ないので、洸介は訊いた。

「ベッドでいいですか」

「ええ、いいわ」

洸介は義母をベッドに座らせた。

「今夜はわたし、すっかり酔っぱらっちゃったみたい。洸介くん、お水いただけない？」

義母が心なし呂律のあやしい口調でいう。

「ちょっと待ってください」

洸介は義母のそばを離れて冷蔵庫を開けた。ミネラルウオーターのペットボトルを開けてグラスに注いでもどると、義母はうなだれて眼をつむり、上半身が揺れていた。

「お義母さん、大丈夫ですか」

そう声をかけて洸介は義母の横に座り、肩を抱いて、

「はい、お水ですよ」

と、グラスを差し出した。

「ああ、ありがとう」

義母は礼をいってグラスを手にすると、美味しそうに水を飲む……。

肩を抱いてそのようすを見ていた洸介は、そのまま義母を押し倒したい衝動にかられた。酒の酔いによる勢いのせいもあった。

ところがそのとき義母が水を飲み干して洸介を見た。

「美味しかったわ。ありがとう」

また礼をいって空になったグラスを差し出すと、

「ごめんね、面倒かけちゃって。わたし、このまま寝ちゃうから、洸介くん、もう帰って」

「面倒なことなんて、なにもないですよ」

グラスを受け取った洸介は、そういいながら冷蔵庫のそばにいってその上にグラスを置いてもどってきた。

義母はスーツの上着を脱ぎ、上半身は白いサテン素材らしいリボン付きのブラウスになっていて、いっていたようにその格好のまま寝ようと思っているのか、脚を組んで靴を脱ごうとしていた。

洸介はあわてて義母の前にひざまずいた。義母がバランスを崩しそうになっていたからだ。

「危ないですよ。ぼくが脱がしてあげます」

義母の脚を抱えてそういうと、スーツの色と同系のモスグリーンの中ヒールのパンプスを脱がしにかかった。

その瞬間、ドキッとして、洸介は心臓が止まりそうになった。

義母の脚がやや持ち上がりぎみになった隙に、タイトスカートの奥が眼に入ったのだ。それも肌色のパンストの下に透けた、紫色っぽいショーツが——。

片方の靴を脱がすと、洸介は一方の靴を、こんどは計算ずくでドキドキしながら脱がしにかかった。義母の膝を曲げて脚を持ち上げたのだ。

こんどはショーツがはっきり見えた。色は、確かに紫色だった。

それを見た瞬間、洸介の中でなにかが音をたてて弾けた。理性という殻かもしれなかった。

靴を脱がすと洸介はいきなり義母の脚を抱きかかえ、頬ずりした。

「ああ、お義母さん……」

「こ、洸介くん！　どうしたの⁉」

義母がびっくりしたような声をあげた。

「なにをするの!?　だめよッ、やめてッ」

あわてふためいたようすでいいながら、脚を引こうとしたり洸介の肩を手で押しやろうとしたりする。

だが酔っているせいもあり、なにより洸介が脚を強く抱きかかえているのでどうにもならない。

それよりも洸介のほうは無我夢中だった。とんでもないことをしている、という意識はあった。それ以上に、もうあとには引けないという切羽詰まった気持ちのほうが強かった。

「お義母さん、ぼく、お義母さんのことが好きなんです！　前から好きだったんです！」

胸のうちの熱い思いをぶつけながら、洸介はパンストの上から義母の脚に頬ずりした。

それだけでなく、脚を舐めまわした。それも脹《ふく》ら脛《はぎ》から膝頭、さらには太腿まで。

「だめッ。洸介くん、だめよ。いけないわ、やめてッ」

義母はひどくうろたえたようすで軀をくねらせながらいいつのる。

脚を舐めまわすことに夢中になっている洸介には、義母の表情はわからない。わかっているのは、声と軀の動きだけだ。

義母の声と軀の動きによって洸介は興奮を煽られ、さらに大胆な行為に出た。義母の股間に向けて顔を突っ込んでいったのだ。

その瞬間、闇雲に禁断の世界に突き進んでいるような感覚に襲われた。同時にムウッと、熱っぽく、甘ったるいような女臭が鼻腔に迫ってきて、洸介は逆上した。

下着越しに義母の股間に顔をグリグリこすりつけたり、そこに口を押しつけて舐めまわしたりした。

「そんなァ、だめッ、いやッ、やめてッ」

義母は狼狽《ろうばい》しきったようすで悶える。洸介が股間に顔を突っ込んでいった直後から仰向けになって、必死に手で洸介を押しやろうとしたり脚をバタつかせようとしたりしている。だが思いどおりにはいかない。

洸介は義母の秘めやかな部分にしゃぶりついた。下着越しにジワッと、柔らかな秘肉を甘嚙みした。

「アッ——！」

突然、義母がふるえをおびたような声を放ってのけぞった。

洸介は繰り返し甘噛みした。

「アンッ……ウンだめッ……アアッ……アアンッ……」

甘噛みするたびに義母がふるえをおびた短い喘ぎ声を漏らしてのけぞり、軀をわななかせる。

洸介は頭がブッ飛びそうなほど興奮していた。

——お義母さん、感じてる！　それもすげえ感じちゃってる！

そう思ったからだ。

義母の反応が洸介をますます大胆にした。

洸介は両手を強引にタイトスカートの中に差し入れた。スカートが太腿の上部のあたりまでずれ上がった。

さらに洸介はパンストの上端を両手でつかむと引き下げた。

「だめッ、洸介くんやめてッ」

義母が息せききっていって腰をくねらせ、必死に両手でスカートを下ろそうとする。

かまわず洸介はパンストと一緒にショーツもずり下げていった。

「いやッ、だめだめッ」

義母がバタつかせる両脚から下着を抜き取った。ついですぐに義母の両脚を力任せに割り開いた。

「いやァ、だめッ！」

義母が悲痛な声を放って両手で股間を押さえた。

スカートは腰の上までずれ上がり、股間以外は露出状態だ。

洸介の両手が押し開いている両脚は、なんとか閉じようとしてブルブルふるえている。

見ると、義母は顔をそむけていた。激しい動揺や狼狽がにじみ出ている表情で息を弾ませている。

そのようすを眼にして洸介はうろたえた。ふと、現実感が生まれて罪悪感に襲われたのだ。

「洸介くん」

と、義母が顔をそむけたままいった。表情は変わっていないが、声はさきほどとは打って変わって醒めた感じだった。

「あなた、自分がなにをしているのかわかってるの？」

訊かれて、洸介は一瞬返す言葉に窮した。だがすぐに、ここまできたら本心をぶちまけるしかない、そうすべきだと思った。

「わかってます。いけないってことも、許されないってことも。でもぼくにとっては、もうこうするしかないんです。どうしてもお義母さんのことが諦めきれないんです、忘れられないんです」

「だめよ、そんなこと」

義母が強い口調でいった。

「じゃあぼくはどうすればいいんですか」

「こんなこと、いますぐやめて、冷静になることよ。そして、わたしたちがどういう関係なのか、考えなさい」

「それは最初から考えてました。でもだめなんです、お義母さんが好きだという気持ちはどうにもならないんです。お義母さん、お願いです、手をどけてください」

いうなり洸介は股間を押さえている義母の手に口を押しつけた。

「アッ、いやッ」

義母は腰を跳ね上げた。そうやって洸介を撥《は》ねつけようとしたようだ。

あとには引けない気持ちになっている洸介は、義母の両手をつかむと無理やり股間から引きはがした。

「イヤッ、だめッ！」

義母の拒絶の声が洸介の欲情を猛々しいものにした。

洸介は義母の股間に顔を埋め、秘苑にしゃぶりついた。

「アッ、だめッ、やめてッ」

義母が必死に腰を跳ね上げようとしたり、手で洸介の頭を押しやろうとしたりする。だが洸介が両脚を抱え込んで股間に顔を突っ込んでいるため、どうにもならない。

洸介は夢中で舌を使った。肉びらの間を闇雲に上下に舐めたて、クリトリスが潜んでいるあたりをこねまわした。

「アンッ、だめッ、アアッ、いやッ、アアンッ……」

とたんに義母が腰をうねらせたりくねらせたりして、うろたえたような声を洩らしはじめた。

洸介の頭には、義母の股間に顔を埋める直前眼にした秘苑が焼きついていた。

ただ、一瞬だったので細部まではわからなかった。

それでも初めて義母の秘苑を見た瞬間、洸介の興奮のボルテージが一気に跳ね上がって、ズキンと分身がうずいた。

義母のそこは、ヘアがかなり濃く、割れ目の両側にも薄くだが生えていて、肉びらがヘアの間から覗いている感じだった。その肉びらは灰褐色で、ぼってりとした唇に似ていた。

洸介はこれまで義母とのセックスをなんどとなく想像してきた。ところがもとより義母に対して知的なイメージを持ちつづけていたがために、その想像は淫らなものではなかった。義母のイメージと淫猥なことが重ならなかったからだ。そのため、想像するのは、性教育のそれのようなセックスだった。

そんな想像でも洸介は興奮した。恋い焦がれている義母が相手だからだった。

そういう心象があったせいか、洸介には義母の秘苑がひどく生々しく、いやらしく見えた。

だからといって失望したわけではない。それどころかその生々しさ、いやらしさによって、洸介は興奮を煽られ欲情をかきたてられた。――知的な美人の義母が、まさかこんな淫猥なものを股間に有していようとは想ってもみなかったからだ。

その興奮と欲情が、攻めたてるようなクンニリングスになっていた。

義母はうろたえたようすを見せながら、いやがって必死に抵抗しようとした。

それはだが、はじめのうちだけだった。いやがる言葉はほどなく、明らかに感じているとしか思えない喘ぎ声に変わってきた。

変化は、腰の動きにも表れていた。当初は拒もうとして跳ね上げていたが、いまは感じてたまらなさそうな、うねるような動きに変わっている。

そのなんともいやらしく感じられる腰つきと悩ましい喘ぎ声が、いやでも洸介の興奮と欲情を煽った。

それに、クンニリングスで義母を感じさせているのだと思うと、征服感が満たされているような、快感に似た気持ちも生まれてきていた。

「アアッ、そこだめッ、おねがい、だめッ」

義母が腰を律動させながら、怯えたような泣き声で訴えた。

コリッとした感触が感じ取れるほどに勃起しているクリトリスを、洸介は舌でこねまわしていた。

——お義母さんはイキそうになってる。このままクリトリスを舐めまわせば確実にイク……。

美樹と結婚するまでにそれなりに女を経験してきた洸介は、そう思って攻めたてるように肉芽を舌で弾いた。

「アアだめッ、洸介くんだめッ、だめよッ、アアッ、だめだめッ……」

義母が息せききっていった。そして、のけぞったかと思うと、

「アアンイクッ、イクイクッ……」

感じ入ったような泣き声で絶頂を告げながら軀をわななかせる。

4

美沙緒は放心していた。

ベッドに仰向けに寝て、下半身はむき出しの状態だったが下腹部は両手で隠していた。

息が弾み、全身脱力していた。それでいてひとりでに軀がひくつき、腰がうごめいてしまう。オルガスムスの余韻が生々しく残っていて、秘奥がうずいているせいだった。

こんな状態にありながらも、悪夢の中にいるようだった。

これが現実とは思えなかった。

あろうことか、娘の夫に好きだと告白されて迫られ、しかも無理やりにクンニリングスされてイカされてしまったのだ。

現実として受け入れることなど、とてもできなかった。

だが目の前には、その娘の夫の洸介がいた。

彼は恐ろしく強張った顔をして、美沙緒を見下ろしていた。それも欲情してギラついているような眼つきで。

洸介は黙ってスーツの上着を脱いだ。つづいて着ているものを忙しない手つきで脱ぎ捨てていく。

けだるさにつつまれている軀を、美沙緒はやっと起こした。

「やめて洸介くん。帰って。いまなら、なにもなかったことにしてあげるから」

恥辱の感情を殺していった。

「いやです。このまま帰るなんてできません」

洸介は強い口調でいい返した。

「そんなこと……」

いいかけて美沙緒は息を呑んだ。

上半身裸になっていた洸介がズボンを脱ぎ下ろして、紺色のボクサーパンツの前の、露骨な盛り上がりが眼に飛び込んできたのだ。

洸介はさらにパンツを引き下げた。

「やめてッ」

美沙緒はあわてて顔をそむけた。ゾクッと軀がふるえ、声がうわずっていた。露出すると同時に生々しく弾んだペニスが網膜に焼きついていた。それはまるで硬い肉棒のようだった。

「お義母さん、見てください。お義母さんもぼくのクンニでイッたけど、ぼくももうこんなになってるんですよ」

声と一緒に洸介が近づいてきた。

覗き込んでくる。

美沙緒は声もなく、固く眼をつむってかぶりを振りたてた。クンニでイッたといわれると、言葉がなかった。

洸介がブラウスのボータイを解くのがわかった。

「だめよ、やめてッ」

美沙緒は下腹部を隠していた両手で拒もうとした。

それはだが、必死に拒むというのには程遠かった。

まだアルコールの酔いはつづいていた。

それに無理やりにとはいえ、クンニリングスでイカされた負い目もあった。

だが、酔いや負い目のせいだけではなかった。それ以上の事情を美沙緒自身抱えていて、必死になって拒むことができないのだった。

事情というのは、夫とのセックスが、もう二年以上もレスの状態がつづいていることだった。

そのせいで、四十七歳の熟れきった女体は、慢性的な欲求不満に陥っていた。

だからといって洸介との性行為を仕方ないとは、美沙緒自身、露ほども思っていなかった。娘婿と性的な関係を持つなど、考えるまでもなく、人としてもっとも罪深い行為だと思っていた。

それなのにクンニリングスでイカされてしまって、いまも快感に押し流されようとしている。

この状況を、美沙緒は受け止めることも、認めることもできなかった。

それはだが、頭や胸の中で考え思うことであって、軀はちがっていた。美沙緒自身の意思にかかわらず、というより意思とは反対にうろたえさせられるほど、さらにいえば哀しくなるほど、快感に対して感応しているのだった。

そんなことを知るはずもない洸介は、いとも簡単にボータイを解くとブラウスのボタンを外していく。

ブラウスの前がはだけられたとき、美沙緒はまた眼をつむって顔をそむけた。絶望的な思いが込み上げてきて、ほとんど衝動的に自暴自棄な気持ちになっていた。

洸介がブラウスの袖から腕を抜く。美沙緒はされるままになっていた。

ブラウスが脱がされて、身につけているのは、ショーツとペアのブラだけになった。

その裸身を舐めるように見ているだろう洸介の視線を痛いほど感じて、美沙緒は軀が火のように熱くなってふるえ、かろうじて声を殺して喘いだ。

美沙緒が拒むのをやめてされるままになっているのを見て、洸介はその気になってきたと判断したにちがいない。それまでにない余裕を感じさせる手つきでブラを取り去った。

「いやッ」

さすがに美沙緒はあわてて両手で乳房を隠した。

洸介がベッドに上がってきた。美沙緒に馬乗りになると、胸から両手を引き離し、顔の両脇に押さえ込んだ。

「いやッ、やめてッ」

美沙緒は顔をそむけたまま、うろたえていった。

「すごいッ。お義母さんのオッパイ、めっちゃきれいじゃないですか」

洸介がうわずった声でいう。十分にボリュームがあって、まだきれいなお碗型を保っている乳房を見て驚き、興奮しているようだ。

美沙緒はゾクッとして、思わず喘いで身をくねらせた。腰のあたりにまたがっている洸介の、熱くて硬いモノがヒクつくのを感じたからだ。

洸介が乳房に顔を埋めてきた。というより、しゃぶりついてきた。

美沙緒の両手を押さえ込んでいて手が使えないためか、がむしゃらな感じで顔を乳房にこすりつけながら、乳首を舐めまわしたり吸ったりする。

「アアッ、アンッ、アッ、ウンッ……」

荒っぽい行為だが美沙緒は甘いうずきをかきたてられて、きれぎれに喘いだ。

皮肉なことに、やさしくされるよりもがむしゃらに荒っぽくされるほうが感じてしまうという感じだった。なにも思ったり考えたりすることができないからだった。

乳房をなぶられているうちに、美沙緒はイキそうになってきた。かきたてられる甘いうずきが下半身にまでおよび、内腿が熱くくすぐられて秘奥に流れ込んできたのだ。

すでに洸介は美沙緒の手を離し、両手で乳房をもみしだいていた。

「だめッ、洸介くんだめよッ」

美沙緒はふるえ声でいって洸介を押しやろうとした。

そのとき、洸介が乳首を強く吸いたてた。

「アアッ、だめッ——だめッ、イクッ！」

いうなり美沙緒は押しやろうとしていた洸介を逆に抱きしめ、オルガスムスのふるえに襲われた。

「お義母さんて、すごい感じやすいんですね」

洸介が上体を起こして、美沙緒を見下ろしていった。興奮と驚きが入り混じったような顔をしている。

「いや……」

小声を洩らして美沙緒は顔をそむけた。これまで屈辱や恥辱の感情しかなかったが、はじめて恥ずかしさが込み上げてきて、そのせいで声が自分でも戸惑うほど艶かしい感じになった。

それだけではない。美沙緒は我慢しきれなくなって腰をうねらせていた。洸介のいきり勃《た》っているペニスがちょうど恥骨のあたりに密着していて、その生々しい感触が子宮にひろがって、泣きたくなるような快感のうずきに襲われるのだ。

「お義母さん、ぼく、もう我慢できないですよ。入れていいですか」

洸介がうわずった声で訊く。

「そんな……」

洸介の問いかけに美沙緒は当惑し、憤りをおぼえた。ふざけてからかっているのかと思ったのだ。

だがそうではなかった。洸介は真剣な顔をしていた。興奮のあまりそういう聞き方をしたのかもしれなかった。

「アアッ……」

美沙緒はゾクッとすると同時に喘いでのけぞった。洸介が怒張をクレバスにこすりつけてきたのだ。

「お義母さん、入れますよ」

こすりつけながらまた訊く。

「いやッ」

うわずった声で美沙緒はいった。

その言葉とは反対に、美沙緒の腰は洸介の怒張の動きに合わせてうねっていて、『きて』と求めていた。

怒張の先がクレバスをまさぐってきた。

「ああッ……」

クチュクチュと音がたちそうな感触と一緒にウズウズする快感をかきたてられて、美沙緒は喘いだ。

——と、怒張が押し入ってきた。ヌルーッと滑り込んでくる。

「アウッ——!」

肉棒に貫かれて美沙緒はのけぞった。

久々に味わう、めくるめく快感に、思わず泣きだしそうになった。

その一方で、とうとう許されない一線を越えてしまったという、重い鉛のような絶望感が胸に生まれた。

「アアッ、お義母さんのここ、気持ちいいッ」

美沙緒の胸のうちとはあまりに対照的な弾んだ声でいって、洸介が動く。

肉棒が膣をこする。抗しがたい快感をかきたてられて、美沙緒の胸のうちは一変した。一気に官能的な熱気がひろがった。

5

洸介は腰を使いながら、義母の顔と股間を交互に見ていた。

義母は悩ましい表情を浮かべて繰り返しのけぞり、そのたびに泣き声に似た喘ぎ声を洩らしている。

その表情を見、喘ぎ声を耳にしていると、いやでも興奮を煽られる。

それでいてふと、夢を見ているような気持ちになった。事ここに至っても、義母とセックスしていることが信じられない感じなのだ。

だが股間を見やると、そんな気持ちは消し飛んだ。

これ以上ない、生々しくいやらしい眺め——知的な美形の義母らしからぬ淫猥な感じの女性器が洸介の肉棒をくわえ、肉棒がピストン運動している――が、眼に入ったからだ。

洸介を現実に引きもどしたのは、それだけではない。なにより肉棒に感じている、えもいえない快美感だった。

義母のそこは、ペニスを抽送していると、秘めやかな粘膜がねっとりとからみつき、まとわりついてくる感じがあって、巧みにしごかれているような快感に襲われるのだ。

その感覚に驚き、興奮しながら、洸介は妻の美樹のそこと比べていた。

母親の美沙緒は四十七歳で、まさに熟女中の熟女だが、娘の美樹は二十四歳とまだ若い。そのちがいはあるにしても、美樹のそこは母親よりも窮屈な感じだが微妙な味わいはない。

母娘のそこを果実に喩えると、母親は完熟、娘のほうは熟れかけといったところだ。

その完熟の蜜壺を味わいながら、洸介がゾクゾクしていると、義母の反応が変わってきた。

ここまでは洸介にされるままになっている感じだったが、義母のほうもたまらなさそうに洸介の動きに合わせて腰をうねらせはじめたのだ。

その腰つきがなんともいやらしく、洸介は興奮を煽られて訊いた。

「お義母さん、気持ちいいですか」

義母は我に返ったような表情を見せて、腰の動きを止めた。が、一瞬だった。すぐまた悩ましい表情にもどって、洸介の抽送に合わせてさもたまらなさそうに腰をうねらせる。

「ぼくは、たまらないほど気持ちいいですよ」

洸介はいった。

「お義母さんのここ、なんだかいやらしい感じがあって、あ、いい意味ですけど、こうしてたらペニスがすごいテクニックを使ってしごかれてるみたいで、こんなの、ぼくはじめてですよ」

「そんな……アアッ、それだめッ……」

義母がうろたえたような反応を見せる。

洸介がいったことに対してではなく、「こうしてたら」といって変化させた腰使いに対してのようだ。

そのときからいまも洸介は腰を上下させてペニスを抽送していた。そうすると、膣の天井をこすりたてる格好になるのだ。どうやら義母はそれがうろたえるほど感じるらしい。

洸介はさらにその腰使いをつづけた。

「アアッ、いいッ、だめッ、イッちゃいそう……」

義母が苦悶の表情を浮かべて怯えたようにいう。

はじめて快感を訴えた義母を見て、洸介は気をよくした。

――イカせてやる。

そう思って腰の律動を速めた。

義母が狂おしそうな表情できれぎれに感じ入ったような喘ぎ声を洩らす。

洸介が興奮を煽られて攻めたてていると、喘ぎ声が泣き声に変わって、「いいッ」という声も聞かれた。

それに義母の表情がみるみる切迫した感じになってきた。

洸介はその顔に眼を奪われた。魅せられて魂を抜き取られてしまいそうなほど凄艶な表情をしている。

「いやッ、だめッ、アアッ、だめだめッ、もうイッちゃう」

義母が抑揚のない、一本調子の口調でいった。

表情は凄艶なまま固まっている。

その口調と表情が、切迫感をより強く感じさせる。

ただ、切迫感は義母だけではなかった。欲求不満を抱えている洸介も快感をこらえるのがつらくなって、射精が差し迫ってきていた。

「お義母さん、ぼくももう我慢できません。お義母さんと一緒にイキますからイッちゃってください」

そういって洸介は激しく義母を突きたてた。

「アアだめッ、イクッ……イッちゃう、イクイクーッ」

義母が感泣しながら絶頂を訴える。

洸介はズンッと義母の奥深く突き入った。そのまま倒れ込むと義母を抱きしめ、グイグイ突き上げながら、たてつづけに快感液を発射した。

義母は感じ入ったような声を洩らしながら、洸介の腕の中で軀をわななかせた。

そのまま、ふたりはじっとしていた。

洸介は義母の顔の横に顔を埋めていた。

義母の軀が間歇的にヒクついている。そして洸介の耳に、義母の弾むような息遣いが聞こえている。

義母がなにを思いなにを考えているのかわからなかったが、洸介としては軀を起こして顔を合わせるのが怖かった。熱狂のときが過ぎ去ると、厳然たる現実が待ち構えていた――という感じだった。

にもかかわらず、まだ義母の中にある洸介の分身は、充血しきって勃起したままだった。

そればかりか、義母の軀がヒクつくたび、それにつられて強張りも脈動していた。

「ううん、ああ……」

義母が艶かしい声を洩らして軀をくねらせた。

どうやら強張りの脈動に感じて、たまらなくなったらしい。

洸介はゆっくり怒張を抽送した。

「洸介くん！　……」

義母がうわずった声をあげた。唖然としている。射精した直後にすぐまた洸介が行為をはじめたので驚いたようだ。

「美樹がいないんで、けっこう溜まってるんです」

洸介は腰を遣いながら苦笑いしていった。

「あ、でも誤解しないでください。そんなことといったら、お義母さんを身代わりにしたみたいだけど、そうじゃないんです。溜まってるのは事実だけど、ぼく、お義母さんのこと好きだから、溜まってなくてもつづけてできます」

義母と肉体関係を持ったことで──関係自体、許されないことはわかっていたが、洸介の中には満たされた気持ちから自信のようなものが生まれてきて、これまでになく饒舌になっていた。

「それに、お義母さんのここ、ホント、めっちゃ気持ちいいから、つづけてできちゃうんですよ」

「そんな……アアッ、アンッ、アアッ……」

義母は顔をそむけて戸惑ったようにいいかけたが、悩ましい表情を浮かべて感じ入ったような喘ぎ声を洩らす。

「ああ、気持ちいい。お義母さんも気持ちいいんでしょ？」

洸介は腰を遣いながら訊いた。

義母は逡巡するような表情を見せた。そして、そむけたままの顔に悩ましげな表情を浮かべて眼をつむると、小さくうなずいた。

それを見て洸介の胸で喜びが弾けた。

洸介は倒れ込んで義母にキスしようとした。

するとと義母はうろたえたように顔を振って逃れようとする。

——まだキスには抵抗があるのか。

そう思った洸介はキスはやめて、両手に義母の乳房をとらえて揉んだ。

「アアッ、ウウンッ……」

義母が感じてたまらなさそうな声を洩らして胸を反らす。

乳首も乳暈もほどほどの大きさで、赤褐色の乳暈から乳首がツンと尖り勃っている。感度のよさはすでにわかっていたが、見た目もそんな感じだ。

洸介は両手で乳房を揉みながら、その乳首を舌で舐めまわしたり、口に含んで吸いたてたりした。同時に腰を遣いながら。

義母の喘ぎ声がそれまでとはちがって、泣き声に変わってきた。

「洸介くん、もうだめッ、だめよ、もう我慢できなくなっちゃう……」

苦しそうに息を弾ませていう。

「イキそうなんですか」

洸介が顔を起こして訊くと、苦悶の表情を浮かべているウンウンうなずき返す。

「だったら、我慢せずにイッてください」

いうなり洸介はさきほどと同じように乳首を口に含んで甘噛みした。ジワッと歯をたてながら、腰をクイクイ振りたてた。

「アアだめッ、だめイクッ、イクイクッ、イッちゃう!」

義母が昂ったふるえ声でいって軀をわななかせる。

「イッちゃう!」という声を聞いた瞬間、洸介はズンッと義母の奥深く突き入った。

そのままじっとしていると、生々しくエロティックな感覚に襲われて、思わず「オオッ」と驚嘆の声をあげた。

「すごいッ。お義母さんのここ、ペニスを締めつけてきて、ピクピク痙攣してますよ。やばいッ。ナマコみたいに動いて、ペニスをくわえ込んでる……」

洸介は興奮しきって、そのようすを実況中継するように口にした。

実際、膣の痙攣を感じて脈動するペニスを、つぎには膣がまるでイキモノのようにうごめいてくわえ込んでいくのだ。

オルガスムスに達した義母は、洸介の実況中継に対してさしたる反応はしなかった。そんな余裕などないようすで、まるで興奮に取り憑《つ》かれているような凄艶な表情をしている。

洸介は腰を遣った。

膣の中は、女蜜と精液が混じり合って、さっきよりも滑らかさが増している。そのぶん、秘粘膜で怒張がくすぐりたてられる感覚がたまらなく気持ちいい。

義母もそうらしく、怒張の抽送に合わせて感じ入ったような喘ぎを洩らしている。それに顔には、快感に酔いしれているような色が浮き立っている。

蜜壺の中が徐々に粘ってきた。そのぶん、怒張がくすぐられる感覚が強まってきた。

それでも一度射精している洸介には余裕があった。反対に義母のほうはまた我慢できなくなってきたらしい。確実に絶頂に向かっている感じだ。

それを見て、洸介は猛々しい欲望にかられた。

──また、イカせてやる！

腰の律動を速めて攻めたてた。

義母はひとたまりもなかった。一気に昇りつめていって、感泣しながら絶頂を告げて軀をわななかせた。

6

オルガスムスの余韻に浸るまもなく、美沙緒は洸介に抱き起こされた。

「アウッ――!」

思わず呻《うめ》いて洸介にしがみついた。

抱き起こされて洸介の膝にまたがって座った格好になった瞬間、まだ美沙緒の中にある怒張が奥深く突き入ってきて、うずくような快感に襲われたのだ。

いったんは洸介にしがみついた美沙緒だが、あわてて軀を離した。

だが離れたのは上体だけで、下半身は洸介に腰を抱え込まれていて、密着したままだ。

ふたりが繫がっているのは、対面座位の体位だった。

そのまま、洸介が自分の腰と一緒に美沙緒の軀を上下させる。

「アアッ、アンッ、だめッ、アアッ……」

昂った喘ぎ声がきれぎれに美沙緒の口を突いて出る。

軀を上下に揺すられるのに合わせて膣の中の怒張が同じように動き、快感をかきたてられるのだ。

オルガスムスに達したばかりの軀を、そうやって攻めたてられると、美沙緒はたちまち自制がきかなくなった。

また洸介に抱きつくと、彼の動きに合わせて美沙緒も軀を上下に律動させた。泣いてしまいそうなほど強烈な快感に襲われて、そうせずにはいられない。すぐにそれだけではすまなくなった。

美沙緒はクイクイ腰を振りたてた。

いま自分がどんなにいやらしい腰つきをしているか、わかっていた。わかっていてもやめられない。どんどん快感に貪欲になってしまう。

それればかりか、いやらしい腰つきで快感を貪っている自分がひどく淫らに思えてたまらないのに、そんな自分に興奮してしまう。

美沙緒は感泣していた。夢中になって腰を振りたてながらよがり泣いていた。

「すごいッ。お義母さんの腰の動き、たまんない、気持ちいいッ。お義母さんは？」

洸介がうわずった声で驚き、快感を訴え、訊いてくる。

「いいッ、いいわッ。アアッ、もう我慢できないッ。またイッちゃいそう……」

美沙緒は本音を口にした。もはや、いうことも自制できなかった。

「イッていいですよ、イッてください」

洸介がけしかけるようにいってグイグイ腰を突き上げてくる。

「アアだめッ、だめだめッ、アアイクッ、イクイクッ……」

美沙緒はめくるめく快感に襲われて、息せききって泣き声でいいながら昇りつめていった。

すると、洸介が仰向けに寝た。

騎乗位の体勢になって、美沙緒はうろたえた。が、それも一瞬だった。

「アアッ……」

喘ぐと同時にひとりでに腰が律動する。

下から奥深く突き入っている怒張を、イッたばかりの女芯がより生々しく感じてうずき、たまらなくなってしまったのだ。

洸介が両手を乳房に伸ばしてきて、揉みたてる。

美沙緒は洸介の両腕につかまった。女芯と乳房の快感が繋がって、さらに腰がクイクイ振れてしまう。

それでますます強い快感に襲われる。怒張の先と子宮口がグリグリこすれて、躯がふるえそうになる快美感がひろがるのだ。

「アンッ、だめッ、アアッ、こんなのだめッ……」

娘婿の上になって腰を振りたててイクなんて、そんな淫乱女のようなことは絶対にいけない――ここにいたってもそういう考えが頭の片隅にある美沙緒は、うろたえながらいった。

だが気持ちや言葉とは反対に、腰は勝手に律動してしまう。それも激しく振りたてるように――。

いつのまにか美沙緒は洸介と両手の指をからめ合っていた。

もう我慢できなかった。泣きたいほどの快感と自暴自棄な気持ちが一緒になった。

「もうだめッ！　……アアイクッ、イッちゃう！」

夢中になって腰を律動させながら、躯が芯からふるえるような快感に襲われて美沙緒は昇りつめていった。

ひと呼吸おいて、洸介がまた美沙緒の上体を倒して仰向けにした。

「お義母さん、こんどはぼくもイッていいですか」

いいながら、怒張を抽送する。

美沙緒はうなずき返した。『いいわ、イッて』と、思わず強く——。

洸介はすぐに抽送を速めた。

硬い肉棒が女芯をこすりたてる。気持ちがいい。たまらない。

美沙緒が感じ入った喘ぎ声を洩らしていると、洸介が覆い被さってきて、美沙緒を抱きしめた。

そのまま怒張を抽送しながら、キスしようとする。

小さく顔を振って、美沙緒は拒んだ。が、反射的にそうしただけだった。洸介の唇を唇に感じたとたん、美沙緒はキスを受け止めた。女芯をズコズコ突きたてる怒張でかきたてられた快感にそそのかされて。

そればかりか、舌が触れ合うと、洸介よりも美沙緒のほうが熱っぽく舌をからめていった。

「ううん……うふん……」

たまらない快感が甘ったるい鼻声になる。

洸介が唇を離して上体を起こした。

「お義母さん……」

美沙緒の鼻声に興奮を煽られたか、強張った表情でいって突きたててきた。それも攻めたてるように――。

肉棒の激しい突き引きにあって、美沙緒は一気に絶頂に追い上げられた。

「もうだめッ、イクッ、イクわッ」

息も絶え絶えに告げると、

「お義母さん、ぼくもイクよッ」

洸介が切迫した表情でいうなり、ズンッと突き入ってきた。

「アウッ！」

美沙緒はのけぞった。

「アアッ、出るッ！」

洸介が昂った声でいう。

「アーッ、イクイクーッ！」

怒張が繰り返しヒクつき、そのたびにビュッ、ビュッと勢いよく発射される男の精でしたたかに子宮を叩かれて、美沙緒はめくるめく快感に呑み込まれていった。

……眼を開けると、美沙緒は自分がどこにいるのかわからなかった。意識がぼんやりしていて、夢の中にいるかのようだった。

だが洸介の顔が眼に入って、ようやく現実にもどった。

オルガスムスに達した瞬間、気が遠退いたのを思い出した。そのまま、気を失っていたらしい。全裸のまま仰向けに寝ていた。

美沙緒はあわてて手で胸と下腹部を隠して洸介に背を向けた。

「びっくりしましたよ。ぼく、女性が失神するのを見たの、初めてだったんで」

洸介が言葉どおりまだ驚いているような口調でいう。

美沙緒はカッと顔が火照った。いいようのない羞恥に襲われていた。美沙緒自身、失神したのは初めてだった。

「洸介くん、おねがい、帰って」

美沙緒は感情を押し殺していった。

「お義母さん」

といって洸介が肩に手をかけてきた。

「だめッ！　おねがいだから帰って！」

美沙緒は肩を揺すって洸介の手を振り払い、強い口調でいった。そして、軀をまるめた。

束の間、ふたりの間に沈黙が落ちた。

洸介が美沙緒のようすを見てどう思ったのかわからない。それでも黙ってベッドから下りると、服を着はじめた気配があった。

「お義母さん、ぼく、反省も後悔もしていません。これからも会ってください。連絡します」

洸介がまるで脚本のセリフを棒読みするような口調でいったのにつづいて、ドアを開閉する音がした。

第二章　性の烙印

1

あの、狂ったとしかいいようのない夜から、明日で一週間になろうとしていた。

美沙緒にとって、受けたショックは言葉にならないほど大きかった。

娘婿と肉体関係を持ってしまったのだ。

こんな人倫に悖《もと》る、決して許されないことがまさか自分の身に起ころうとは、当然のことながら夢にも思わなかった。

それだけにあれから二、三日は、あの夜のことが現実とは思えず——というより現実として受け入れられなかった。

ところがいやでも脳裏に浮かんでくるあの夜のことを考えたり、いろいろ思い返したりしているうちに、美沙緒はべつのショックを受ける羽目になった。あろうことか、ひとりでに軀が熱くなり、女芯がたまらないほどうずいて濡れてきたのだ。

美沙緒はうろたえた。一夜の体験によって、まるで自分が痴女になってしまったようなショックを受けた。

さらにそのショックが引き金になって、否応なく自分の中で封印していた事実に直面させられた。

洸介との行為は、当初は無理やりに強いられたことだった。

だが、途中からはそうとばかりはいえないことに変わった。

それは美沙緒自身、わかっていた。

わかっていても、途中から自分も洸介の行為を受け入れて、そればかりか積極的になってしまったなど、認めがたいことだった。

そのためにそこは封印して、思考を停止していたのだ。

ところがあの夜のことを考えたり思ったりしているうちに軀に生まれた変調によって、それではすまなくなった。

美沙緒は思った。

――あのとき、自制がきかなくなってしまった原因は、欲求不満にあった。それはまちがいない。欲求不満を抱えていなかったら、なんとかして洸介を拒むことができたはずで、実際にそうしていた……にしても、欲求不満で娘の夫と関係を持ってしまうなんてありえない。わたし自身、そんな脆弱な、それよりもはしたないところがあったなんて情けないし、信じられない……。

そう思うと、自己嫌悪で絶望的な気持ちになった。

その一方で、美沙緒の中には、夫のことを恨む気持ちが生まれてきていた。

夫に愛人がいることは、一年あまり前から知っていた。

それを知ったのは、小説家の加納昌一郎《かのうしょういちろう》を通じてだった。

加納昌一郎は、夫の学生時代から友人で、若い頃は純文学を目指していたようだが、ある時期に大衆文学に転向して、以来、流行作家として活躍している。それも書くのはもっぱら男女の性愛で、それが読者に受けているらしい。

夫同士が友人という関係で、美沙緒は夫と一緒に加納夫婦となんどか飲食をともにしたことがあった。

もっともそれは、加納夫婦も出席した、娘の美樹と洸介の結婚披露宴のときを除いて二年ほど前までのことで、それ以降はない。

その理由がわかったのは、半年ほど前——美樹と洸介の披露宴から数日後、加納昌一郎に「美沙緒さんだけに折り入って話があるんだ」といって呼び出され、ディナーをともにしたときのことだった。

「美沙緒さんも薄々おかしいと思って疑ってるかもしれないけど、瀬島は不倫してますよ」

加納にそういわれて美沙緒は驚き、当惑した。

そのとき夫とはすでにセックスレスになっていた。だからそれ以前から、加納のいうとおり不倫を疑っていた。

驚き当惑したのは、どうして加納が夫の不倫を知っているのか、なぜそれを友人の妻である美沙緒に明かすのか、ふつう友人なら隠すはずではないか、そんな疑念が頭に浮かんだからだった。

「そこまではっきりおっしゃるってことは、瀬島からお聞きになったのですか」

美沙緒が訊くと、加納は苦笑いして驚くべきことをいった。

「瀬島から聞いたわけではありません。ぼくが妻のことを調べたんです。すると、ショッキングなことがわかった。もっとも妻の不倫は織り込みずみだから、さしてショックはなかった。問題は相手です。相手が瀬島だとわかったときは、さすがにボクも唖然としましたよ」

——加納の妻、玲奈《れな》と夫が不倫を！

美沙緒は、いきなり頭を殴打されたようなショックを受けた。

玲奈は加納の再々婚の相手で、まだ三十二歳と若い。銀座のクラブに勤めていたとき加納に見初《みそ》められて、結婚したということだった。

同性の美沙緒から見た玲奈は、媚《こび》を売るのが天性のものだろうと思えるほど巧みで、それも含めてなんとなく危険な匂いのする女、という印象だった。

——男からしたら、そういうところが魅力的で、惹きつけられるのだろう。ほかならぬ夫も……。

そうは思ったものの、美沙緒がショックで言葉を失っていると、加納がいかにも彼らしいことをいった。

「相手が相手だけに、美沙緒さんもショックだろうけど、ここはそっとしておくことにしませんか。これはぼくの持論なんだけど、男も女も、相手のことが好きになったら、これはもうどうしようもない、あとは成り行きに任せるしかない。うちの場合は夫婦関係において、初めからおたがいに自由で束縛はしないというのが前提なので、今回ばかりは妻の不倫相手のことでぼく自身ショックを受けましたけど、基本、不倫それ自体は想定内なんです。聞くところによると、瀬島と美沙緒さんの関係も、うちほどではないにしても多少似ているようですね」

思いがけないことをいわれて美沙緒が戸惑っていると、かまわず加納はつづけた。

「いつだったか瀬島がいってましたよ。そう、ぼくがいまいったうちの夫婦のルールみたいなことを話したときだった。瀬島がいったんです。『うちの場合は、気がついてみたら、昔流行語にもなった〝仮面夫婦〟になっていた、という感じだよ。暗黙のうちに、おたがいに干渉し合わなくなった』って。こんなこと、こういうことになったからいえるんだけど、そうなんですか」

訊かれて美沙緒は一瞬返答に困り、苦笑いして、

「そうですね、そういうとこ、あるかもしれませんね」

と、つい他人ごとのようにいった。

実際、美沙緒と夫の関係は、夫が加納に話したとおりだった。

仮面夫婦になってしまった原因は、夫婦それぞれ仕事を持って忙しくしてきたことなど、考えればいろいろあるけれど、決定的なことはわからなかった。まさ

に気がついてみたら、というのが正しかった。

そんな夫婦関係を送っている間、美沙緒にはなかったが夫にはなんどか不倫をしているフシがあった。

それを美沙緒は女の直感で感じ取ったのだが、あえてなにもいわなかった。仕事が忙しくて、極力ゴタゴタは避けたかった――というのも美沙緒にとって、キャリアを積むにつれて仕事がすべてになっていたからだった。

それに夫は美沙緒に対して相変わらずやさしいし、美沙緒も夫を嫌悪するまでの気持ちはなかった。

といっても夫の不倫を理解したわけではない。

――そのうち夫の女遊びの熱も醒めるはず。それより、わたしには大切な仕事がある。

そう自分に言い聞かせていたのだ。

ところがそういう生活をつづけているうちに、夫婦は紛れもない〝仮面夫婦〟になっていたのだった。

ただ、夫の不倫の相手が、美沙緒も知っている加納玲奈だとわかってからの美沙緒は、それまでとは少しずつ変わってきた。

夫のことを、醒めた眼で見るようになってきたのだ。

そのため、洸介と肉体関係を持ったことへの罪悪感は、夫に対してではなかった。娘の美樹に対してだった。

美沙緒の気持ちの中には、その罪悪感と同じくらい強い自責の念があった。

自分はどんなことにも理性的に考えて対処することができる。これまで美沙緒はそう自負していた。

それなのに、あの夜はまるで別人だった。いくら欲求不満を抱えていたといっても、美沙緒自身そうとしか思えなかった。

そんなことを考えていると、恥ずかしくなることを思い出した。

それは、洸介が美沙緒の中に入ってこようとしたときだった。

美沙緒はふと、不安になった。二年あまりもセックスから遠ざかっていたために、ペニスをスムースに迎え入れることができないのではないかという心配が頭をよぎったのだ。

──あのとき、そんなことを考えたなんて……。

そう思うと、ひどくはしたなく、いやらしく思えて顔が火照った。同時にそんな自分に嫌悪感をおぼえて、自責の気持ちが込み上げてきた。

美沙緒は動揺しながら、研究室の窓の外を見やった。柔らかい春の日差しを浴びた桜の若葉が、みずみずしく輝いているのが見えた。その眺めは、いまの美沙緒の心境とはあまりにも対照的だった。

そのとき、携帯電話の着信音が鳴りだした。

美沙緒は机の上から携帯を取り上げた。

胸が高鳴った。

——洸介からだった。

出ようか出まいか、美沙緒は迷った。あれから洸介と接触はない。着信音は鳴りつづけている。放置していても、出ないで切っても、すぐまたかけ直してくるにちがいない。

仕方なく、美沙緒は電話に出た。

「お義母さん、明日逢ってください」

洸介がいきなりいった。緊張しているような硬い声だった。

「これからこの前のホテル、チェックインします。ルームナンバーは、そのあとメールで知らせますのでよろしく」

「待って！」

すぐにも電話を切りそうなので、美沙緒はあわてていった。

「だめよ、そんなこと。わたしたち、もう逢ってはいけないのよ。あなただってよくわかってるでしょ」

「わかってます。わかってるけど、どうしても逢いたいんです。ぼく、待ってますから、絶対きてください」

美沙緒がいうのを遮るようにして洸介はそういうなり電話を切ってしまった。

2

土曜日の昼下がり、安西洸介はホテルの一室にいた。

いうべきこと、伝えたいことを、一方的にいって、そして伝えて、あとは結果を待つ。

結果が吉と出るか凶と出るか、賭けだった。

前日、洸介は義母の美沙緒に電話をかけた。そして、この日このホテルで逢いたいとだけいって電話を切ったあと、メールでホテルのルームナンバーと逢う時間を伝えた。

こんな賭けに出たのは、逢いたいといっても義母がすんなり逢ってくれるとは思えなかったからだ。

実際、電話のとき義母は、逢えない、逢ってはいけないといった。

そんなことを言い合っていても埒《らち》が明かない。そう思ってのことだった。

洸介はメールで、ルームナンバーと午後二時という逢う時刻を、義母に送っていた。

そのあと、義母からは電話もメールもない。

考えられることは、二つ。一つは、逢う気がなくて無視している。もう一つは、反応がないのは同意したものと解釈して、義母はやってくる。

洸介は義母の都合を訊いていなかった。もし義母に逢ってくれる気があっても都合がつかない場合、そのときは少なくともメールで連絡があるはずだと思ったからだった。

洸介は昼食をすませて午後一時すぎにホテルの部屋に戻り、シャワーを浴びて、いまはバスローブをまとってビールを飲んでいた。

時刻は、一時四十五分。指定した二時までまだ十五分あったが、胸の高鳴りが強まってきていた。

洸介はふと、昨夜のことを思い出した。よりにもよって義母と逢う予定の前夜、妻の美樹から電話がかかってきたのだ。およそ一カ月ぶりだった。

「どう、元気?」

「ああ。そっちは?」

「わたしも元気よ。でも洸介に謝らなければいけないの。いま、仕事のほうけっこうノッてて、まだしばらく帰れそうにないのよ。わるいけど、洸介も軀に気をつけて仕事がんばってて」

「ああ……」

「あと、浮気しないでよ」

「わかってるよ」

「でもフラストレーション、溜まっちゃってるでしょ?」

「ん? まあね」

「どうやって処理してるの?」

「美樹はどうなんだよ」

「わたしも溜まっちゃってる。最近まではそんなでもなかったんだけど、このところちょっと……」

「ちょっとって、なに？」

「ときどき、ウズウズしちゃうことがあるの」

「そういうときはどうしてるんだ？　まさか美樹のほうこそ、それで浮気してるんじゃないだろうな」

「してないわよ、するわけないでしょ」

「じゃあどうしてるんだ？」

「洸介のこと思って、自分で……やだ、ずるいわ。こっちの質問に答えないで、わたしにしゃべらせるなんて。洸介こそ、どうしてるのか、ちゃんと答えてよ」

「俺も、美樹と同じだよ」

「へ～、そうなんだ。ね、テレフォンセックスってあるじゃない？　わたし、したことないんだけど、洸介は？」

「俺もないよ」

「だったら、こんどいちどしてみない？」

「エーッ、マジか」

「そう、マジ。けっこう刺戟的かもよ。ね、してみようよ」

「……そのうちな」

すっかり乗り気になっている美樹に、洸介は唖然としながらそういって電話を切った。

美樹はもともとセックスについてオープンで奔放なところがある。といってもそれは考え方のことだけで、誰とでも寝るようなタイプではない。

それよりも美樹から電話がかかってきたとき、義母と関係を持ってうしろめたい気持ちがあった洸介は、さすがに動揺した。

それでいて電話を切ったあと、美樹と義母の美沙緒のセックスを比較していた。

美樹の場合、未熟ということなのか、いちどイクと、あとはどうされてもくすぐったくなるだけで、つづけてイケない。まったくイケなくなるわけではなく、またイクようになるまで多少時間がかかる。

そのため、前戯の段階では必死にイクのをこらえようとする。「洸介と一緒にイキたいから」といって我慢するのだ。

そこで洸介が「我慢しないでイキたくなったらイケばいい。そうしているうちにつづけてイケるようになる」といってそうなるよう仕向けているとき、美樹はニューヨークに飛び立ったのだった。

そんな美樹に比べると、母親の美沙緒のセックスは、まさに熟女のそれだった。

たてつづけてイクことができるだけでなく、それにつれてオルガスムスの深みが増して、それが表情にも軀にも生々しく現れてくる。

そのときの凄艶な表情や、色っぽく熟れた女体の妖しい動きを見ていると、若い洸介などは、男の精ばかりか魂まで抜き取られそうになる。

それだけではない。義母の性器は、洸介を驚かせ、それ以上に興奮させた。ペニスを挿入してじっとしていると、ジワッと締めつけてきて、まるでエロティックなイキモノのように蠢《うごめ》いてくわえ込もうとする。しかもそれを繰り返すのだ。そんなセックスを体験したら、洸介ならずとも忘れられなくなる。

ただ、洸介には不可解なことがあった。

——お義母さんのあんなに魅力的な軀のことを、お義父さんはどう思っているのだろう。

あの夜、ホテルから帰宅して考えているうちに、ふとそう思ったのだ。というのも義母の反応を振り返っていると、なんだか欲求不満を抱えているように見えてきたからだった。

——また、そうでもなければ、あの理性の固まりのようなお義母さんが、あんなことにはならないのではないか。

そうも思った。

かりに欲求不満を抱えていたとしたら。そんな義母のことを考えると、相当深刻なはずで、そうなると義父とのセックスに問題があるということになる。

——義母と義父は長年いい関係をつづけてきた、理想的な夫婦に見えていたけれど、夫婦のことは外からではわからないというとおり、実際はそうでもないのかもしれない。

もっとも、これは洸介の想像であって、本当のことはわからない。

——想像が当たっていれば、お義母さんはくるはずだけど、外れていたのかも……。

二時を七、八分すぎた時計の針を見て、洸介が落胆してそう思ったそのとき、チャイムが鳴った。

洸介は椅子から跳ねるようにして立ち上がった。気持ちも跳ね上がっていた。

ドキドキしながらドアスコープを覗くと、一瞬戸惑った。サングラスをかけた、うつむきかげんの女の顔が見えたからだ。

人目を気にしてだろう。すぐに義母だとわかって、洸介はドアを開けた。

「どうぞ」

声がうわずった。義母は黙って部屋に入ってきた。

洸介は義母のあとにつづいた。

義母は室内を見て戸惑ったようだ。後ろに立っている洸介は、義母の背中にその気配を感じた。部屋はツインだった。

「きてくれたんですね」

洸介はいった。こんどは声が弾んでいた。

義母は背中を向けたまま、サングラスを外してバッグにしまうと、

「勘違いしないで。あなたに話があってきたのよ」

硬い口調でいった。

洸介は一瞬たじろいだ。が、すぐに気持ちを立て直して、

「もうこんなことはいけないって話でしょ」

というなり後ろから義母を抱きしめた。

「やめてッ！　わかってるんだったらやめてッ」

義母はうろたえたようすでいって身悶える。バッグを足元に落として、両手で洸介の両手を引き離そうとする。

「ぼくはわかりません。第一、そんな話をするんだったら、ホテルの部屋でなく

ても電話でもすむはずです。なのにお義母さんはきてくれた。というより、ぼくと逢うためにきてくれた。そうなんでしょ」

洸介は甘い香りのする義母のロングヘアを顔でなぶりながらいうと、両手を強引にスーツの胸元に差し入れ、ブラウス越しに胸のふくらみを揉みしだいた。

「イヤッ、やめてッ、だめよッ」

義母は必死に拒もうとする。

かまわず、洸介は行為をつづけた。

「お義母さん、ぼく、あれからずっと、お義母さんのこと思っていたんです。あのとき、お義母さんとした、最高のセックスを思い出しながら」

「やめてッ……」

義母はかぶりを振りながらいった。それまでとちがって、うわずった、弱々しい声だった。

洸介が乳房を揉みつづけているせいにちがいない。それも感じてきているようだ。息が弾み、両手は洸介の両手をただつかんでいるだけで、軀の動きももどかしそうにくねっている感じだ。

洸介は驚いた。くねるような軀の動きと一緒に、むちっとした尻で股間が——

というよりすでにパンツの前を突き上げている強張りがくすぐられるのだ。

一瞬まちがいかと思ったが、そうではなかった。明らかに義母は尻を強張りにこすりつけてきていた。

洸介のバスローブの前は、揉み合っているうちにはだけていた。そのぶんタイトスカート越しでも義母の尻が生々しく感じられ、義母も洸介の強張りを同様に感じているはずだった。

それで強張りに尻をこすりつけているのは、義母も欲情しているということにほかならない。

洸介は胸がときめいた。片方の手で乳房を揉みながら、一方の手を義母の下腹部に這わせると、スカート越しに秘苑をまさぐった。同時に強張りを尻に押しつけていきながら。

「だめッ、やめてッ」

義母はうろたえたようにいった。声がうわずり、ふるえをおびていた。

その反応が洸介を煽った。乳房を強く揉みたて、秘苑を撫でまわし、尻に強張りをグイグイ押しつけた。

「アアだめッ、洸介くんやめてッ、おねがいッ……アアッ、ウウンッ……」

義母はおびえたようにいったかと思うと、感じ入ったような声を洩らして軀をわななかせた。

「お義母さん、イッちゃったの?」

洸介は驚いて訊いた。

義母は息を弾ませている。

——と、洸介のほうに向き直った。

洸介は思わず息を呑み、気押された。凄艶な表情で睨みつけられたからだ。

「ひどいわ」

いうなり義母は洸介に抱きついてきた。

洸介は唖然とした。睨まれた瞬間、平手打ちをされるかと思ったのだ。

だが真逆の、洸介にとっては最高の展開だった。

勢いづいて洸介は義母の唇を奪いにいった。

義母は拒まなかった。それればかりか、唇が触れ合って洸介が舌を入れていくと、義母のほうが熱っぽく舌をからめてきた。

それに煽られて洸介も義母の舌を貪った。すると義母はたまらなさそうに、せつなげな鼻声を洩らして腰をくねらせる。こんどは洸介の強張りが義母の下腹部を突きたてているのだ。

洸介は唇を離して義母を見た。

「きれいだ……」

思わず見とれていった。凄艶な表情には変わりはないが、さきほどよりは多少柔らかみがあった。

「洸介くん、あなたわかってるの？　わたしたち、どんなに罪深いことをしてるかってこと。それに必ず、罰を受けるってこと」

「わかってます。覚悟もしてます」

洸介は適当なことをいって義母のスーツの上着を脱がそうとした。

「もう、知らないわ」

義母は洸介を制して投げやりにいうと、うつむいた。どこか思い詰めたような表情を見せて、自分でスーツの上着を脱ぐ。

うつむいて立ったまま、さらにタイトスカートを脱いだ。

ブラウスの下に現れた下半身を見たとたん、洸介は眼を見張った。ほとんど同時に息を呑んでいた。

義母は洸介の意表を突く下着をつけていたのだ。

「すごいッ！」

ズキッと肉茎がうずいて、洸介は声がうわずった。

義母が下半身につけているのは、なんと黒いガーターベルトで肌色のストッキングを吊った、煽情的な下着なのだった。

洸介の驚きや興奮をよそに、義母はブラウスを脱いで下着だけになった。

黒いブラとショーツは、どうやらガーターベルトとセットらしい。

「お義母さんがガーターベルトなんて、信じられない。めっちゃセクシーで、たまンないですよ」

洸介は義母の下着姿に眼を奪われたまま、興奮を抑えきれずにいった。

煽情的な下着によって、熟れきった軀がますます官能的に見え、見ているだけで軀がふるえそうだった。

そのとき、洸介は義母も興奮しているのに気づいた。うつむいている顔に、はっきりと昂りの色が浮きたっている。そればかりか、眼は洸介のグレーのボクサーパンツの前を凝視したまま、唇に喘ぎ声が洩れそうな動きを見せている。

洸介のパンツの前は露骨に突き上がって、微妙に動いていた。肉茎がヒクついているからだ。

洸介はバスローブを脱ぎ捨て、義母を抱き寄せた。

義母は喘いでしがみついてきた。

洸介はさらに強く抱きしめた。

「アアッ……」

昂った喘ぎ声と一緒に義母の軀がわなないた。

3

洸介に強く抱きしめられた瞬間、美沙緒はめくるめく快美感に襲われて、そのまま達してしまった。

下腹部に突き当たっている洸介の強張りで、頭の中から全身が抗しがたい快感に犯されていたからだった。

洸介が両手を美沙緒の肩にかけて、軽く押さえた。

美沙緒は洸介の意図がわからず、え？　と思った。すぐに座らせようとしているのだと察したが、どうしてそうさせるのかわからない。それでも腰を落としてひざまずいた。

その瞬間、洸介の意図がわかった。目の前に、パンツの露骨な盛り上がりがあるのだ。

それに美沙緒は眼を奪われた。見ているだけで、息苦しくなる。

洸介がパンツに両手をかけた。ゆっくり下ろしていく。

美沙緒は息を呑んだ。下げられていくパンツから眼が離せない。

陰毛と一緒に肉茎の一部が現れて、さらにパンツが下げられると、ブンッと跳ねてペニスが露出した。

「アアッ――！」

喘ぐと同時に美沙緒はふるえた。

目の前で、いきり勃った肉茎が生々しく脈動している。

それに合わせて、美沙緒の秘奥に甘美なうずきが生まれる。

洸介がなにを求めているか、いわれなくてもわかった。それよりも美沙緒自身そうしたい衝動にかられて、怒張を凝視したまま、両手をその根元に這わせると、薄赤く光っている亀頭に唇を触れていった。

眼をつむると、舌を亀頭にからめていって舐めまわす。

決して許されない関係の相手に、その前にひざまずいてフェラチオをしている

——そう思うと、罪悪感をおぼえる以上にひどく淫らでいやらしいことをしている気持ちになった。

それでいて美沙緒は、めまいがしそうな興奮に襲われていた。

その興奮に衝き動かされて、亀頭にソフトクリームを食べるように舌を遣うと、つづいて肉茎全体をなぞるように、ねっとりと舐める。

——こんないやらしいフェラチオをするなんて、はじめて……。

そう思いながらも行為に夢中になって、ますます興奮を煽られる。

美沙緒の舌戯を受けて、怒張がヒクッ、ヒクッと跳ねる。そのたびに美沙緒も秘奥がズキッ、ズキッとうずく。

たまらなくなって怒張をくわえた。顔を振ってしごく。

そうやって口腔で肉茎を感じていると、膣でもそれを感じて、ひとりでに腰がうごめいてしまう。

「ああッ、たまンないッ」

洸介がうわずった声でいった。

美沙緒は緩やかに顔を振りながら、洸介を見上げた。

洸介は興奮しきったような表情で美沙緒を見下ろしている。

そうやって見られていたのだと思うと、美沙緒は恥ずかしさと一緒に興奮を煽られて、攻めたてるように顔を振った。

「アアッ、ヤバッ！」

洸介があわてて腰を引いた。

「アアッ！」

肉棒が口から滑り出て弾むのを見て、美沙緒も喘いだ。

唾液にまみれていきり勃っている肉茎に眼を奪われて呆然としていると、洸介が美沙緒を抱え上げた。

「お義母さんのフェラ、すごくよかったから、マジにヤバかったですよ」

興奮醒めやらないようすでいう洸介に、美沙緒は顔が火照った。

洸介はベッドに腰かけると、美沙緒の両手を取って前に立たせた。

美沙緒も興奮が脚まできて、立っているのがおぼつかない状態だった。しかも勃起した肉茎が眼に入って、顔をそむけた。

「ガーターベルトをつけてるとこ、よく見せてください」

洸介がいう。

「いや……」

美沙緒は軀をくねらせて、洸介から手を引き離そうとした。が、洸介は離さない。

「お義母さん、ガーターベルト、とても似合ってますよ。お義母さんの軀って、もともとすごく色っぽいけど、よけいにセクシーに見えてたまンないですよ」

「そんな……いやよ、そんなに見ないで……」

洸介の視線で全身を舐めまわされているような感覚に襲われながら、ガーターベルトのことをいわれると、興奮と欲情で火照っている軀がますます熱くなってふるえそうになり、美沙緒は声がうわずった。

「ガーターベルトなんて、よくつけるんですか」

洸介が訊く。

「ときどき……」

美沙緒は正直に答えた。

「へえ、意外だったからびっくりしたけど、そうなんだ。ぼく、ガーターベルトって、けっこう好きなんですよ。といってもガーターベルトをつけてる女をナマで見たのは、お義母さんが初めてなんですけど」

「いままでなんで見たの？」

「え？　あ、お義母さんにはいやらしいって軽蔑されるかもしれないけど、ネットのアダルト動画なんかで」

洸介は苦笑いしていった。

「いやらしい動画を見て、フラストレーションを解消してたってこと？」

「ええ、まあ……それよりお義母さん、これからぼくと逢うときはいつもガーターベルトをつけてきてくれませんか」

「そんな、これからも逢うなんてこと、わたし一言もいってないわよ」

美沙緒は憤慨していった。

「でも今日だって、きてくれたじゃないですか、おまけにこんなものを身に着けて……」

いうなり洸介は立ち上がって美沙緒を抱き寄せた。

「アアッ……」

怒張を下腹部に押しつけられ、美沙緒はゾクッとして声がうわずった。

洸介がブラホックを外してブラを取り去る。美沙緒は両腕で胸を隠した。するると洸介はまたベッドに腰かけ、こんどはショーツを下ろしにかかる。

「だめッ」

あわてて洸介を制しようとしたが、すでにショーツはずり下げられていた。それればかりか、また洸介に両手をつかまれた。

「ほら、せっかくセクシーな下着をつけてるんだから、もっとよく見せてくださいよ」

「いやッ、だめ……」

美沙緒は両手に力を込めて洸介の手を振りほどこうとした。が、どうにもならない。

美沙緒は顔をそむけた。

「すごい。お義母さん、すごく色っぽくて、めちゃめちゃセクシーですよ」

洸介が興奮した声でいう。

「ああ、やめて……」

美沙緒は声がふるえた。むきだしの乳房や下腹部に突き刺さってくるような洸介の視線を感じていると、声だけでなく軀もふるえ、ひとりでに腰がうごめいてしまう。

4

目の前の義母を見ているだけで、洸介は興奮を煽られ欲情をかきたてられて、勃起している肉茎がうずいてヒクついていた。

義母は最初のうち、軀の脇に下ろされている両手に力を入れて洸介の手を振りほどこうとしていたが、無理とわかってあきらめたのか、いまは両手の力を抜いている。

それに洸介に見られているうち、明らかに感じて興奮してきているようだ。恥ずかしくていたたまれないようすで顔にそむけているが、その表情には昂った感じもあって、そのために艶かしく見える。

さらに洸介の視線に感じているとわかるのは、下半身の動きだ。たまらなさそうに両脚をすり合わせるようにして悩ましく熟れた腰をうごめかせている。

しかもそれが、きれいなお碗型を描いている乳房を露呈して、ガーターベルトで吊ったストッキングの太腿のあたりまでショーツが下がった状態で、黒々として艶のある、見るからに官能的な陰毛もあらわになっているのだから、見ている洸介のほうもたまらない。

洸介は義母の手を離すと、下がりかけのショーツを下ろした。

義母は喘いで両手で下腹部を隠した。

洸介は黒いショーツを抜き取ると、ひろげて見た。クロッチの部分にはっきり濡れジミがあった。

「お義母さん、濡れてますよ」

「いやッ、だめッ」

義母はひどく狼狽した。強い羞恥に襲われたらしく、顔を赤らめている。

洸介は立ち上がると、義母をうながしてベッドに上がった。

仰向けに寝かせて唇を合わせ、舌を差し入れていくと、義母のほうから熱っぽく舌をからめてきた。せつなげな鼻声を洩らして激情をぶつけてくるように——。

——お義母さんも、この前の夜のことが忘れられなかったんだ。

濃厚なキスを交わしながら、洸介はそう思うと胸が躍った。

軀を重ねてキスしているうちに、義母は欲情が高まってきたようだ。きれぎれに鼻声を洩らしながら、たまらなさそうに腰をうねらせる。

洸介は唇を離して義母の顔を見た。

義母は欲情に取り憑かれたような凄艶な表情で息を弾ませている。

「興奮したお義母さんの顔、ゾクゾクしちゃうほどきれいですよ」

「そんな……」

義母は戸惑ったようすを見せた。

洸介は義母の胸に顔を埋めた。両手で乳房を揉みながら、乳首を舐めまわす。

「アンッ、アアッ、ウウンッ……」

どこか嬉しそうにも聞こえる感じた喘ぎ声を洩らしながら、義母は繰り返しのけぞる。

ひとしきり、乳房を揉んだり、乳首を舌でこねたり吸いたてたりして、義母の興奮と欲情のボルテージを高め、乳首が尖り勃ってきたところで、洸介は義母の下半身に移動していった。

両脚を大きく開いた。

「だめッ……」

義母はうろたえたような声を放って両手で股間を押さえた。

「お義母さん、手をどけてください」

「いやッ」

「どうして？　クンニしてイカせてあげようと思ってるのに、それじゃあできないじゃないですか。それでもいいんですか」

「そんな……」

「クンニしてほしいんでしょ？　だったら、手をどけてください」

義母は声もなく、狼狽した表情でかぶりを振る。

すべてに理知的なイメージの義母らしからぬそのようすを見て、洸介はふと嗜虐的な興奮をおぼえると同時に思いがけないことを考えついた。

「そうだ、どうしてもいやなら手を縛って、無理やりに見ちゃうっていうのはどうです？　お義母さん、縛られたりした経験は？」

「やめてッ。あるわけないでしょ」

義母は顔をそむけて強い口調でいった。狼狽と驚愕が混じったような表情をしている。

「ぼくも初めてなんですよ。でも刺戟的でいいんじゃないですか。やってみましょうよ」

洸介はすっかりその気になっていうと、いったんベッドから下りてバスローブの紐を拾い上げてまたベッドに上がった。

「洸介くん、変なことはやめて」

義母は起き上がり、横座りになって手で胸を隠していた。

「変なことじゃないですよ。ちょっと刺戟的なプレイです。さ、両手を後ろにまわしてください」

そういって洸介が両手を背中にまわさせようとすると、「いや」といって義母は拒もうとした。が、それも一瞬のことで、洸介がやや無理やりにそうすると、されるままになった。

これには洸介のほうが驚いた。

――お義母さん、その気になってんじゃん！　まさかって感じだけど、マゾッ気があったりして……。

そう思って胸が躍るのをおぼえながら、義母の両手首を交叉させてバスローブの紐で縛った。そして、また義母を仰向けに寝かせると、両脚を押し開いた。

「いやッ、だめッ」

義母は悲痛な声でいって腰をうねらせる。声のわりにその腰つきも、なにより洸介が押し開いている脚の反応も、いやがって拒もうとするそれではなかった。脚を閉じようとするようすはなく、されるままになっているのだ。

洸介は義母の顔を見やった。

顔をそむけて眼をつむっているが、さきほどと同じく、恥ずかしくていたたまれなさそう中にも昂りが見て取れる、凄艶な表情を浮かべている。

「たまンないなァ。お義母さん、まる見えですよ」

「いやッ、見ないでッ」

義母は軀をくねらせて、ふるえをおびた声でいう。

「見るなといっても無理ですよ。そうだ、お義母さんにも見せて上げましょう」

いうなり洸介は義母の両脚を抱え上げ、開いた状態で顔のほうに向けて押さえ込んだ。

義母は悲鳴をあげて、「いやァ」とくぐもった声を洩らした。腰を真上に上げた格好で、軀を海老状に折り曲げられたからだ。

「ほらお義母さん、見えるでしょ」

洸介は手で陰毛を撫で上げながらいった。

「いやッ、こんなの、やめてッ」

狼狽しきったようすでいいながらも、義母の眼は自分の顔の斜め上あたりにある股間を見ている。

洸介は両手で肉びらを分けた。灰褐色の襞がパックリと口を開けて、ジトッと女蜜をたたえたピンク色の粘膜があらわになった。

「アアッ、だめッ……」

義母はうわずった声でいって腰を蠢かせる。

「すごいッ。お義母さんて、やっぱり名器だ。アソコの口にヒダヒダがあって、イソギンチャクみたいに閉じたり開いたりしてますよ」

洸介は興奮していった。

事実、膣口はそのとおりだった。それに、そこが開いたときに見える中も、襞が幾重にも重なっている感じで、膣口の動きに合わせて蠢くのだ。

そのエロティックなようすを見ていると、そこにペニスを挿入したときに襲われた、くすぐりたてられるようなたまらない快感がよみがえってきて、いきり勃っているペニスがうずいてヒクついた。

「ウウ～ン、だめ～」

突然、義母が艶かしい声を洩らして、さももどかしそうに腰を蠢かせた。

洸介が驚いて見ると、そむけたままの顔に興奮の色が浮きたっている。

――見られているうちに感じて、たまらなくなったらしい。

そう思いながら、洸介は両手で肉びらを押し上げるようにして肉芽を露出させた。性感の高まりのせいだろう、肉芽は膨らんでいる感じだ。

「お義母さん、舐めてほしいんでしょ?」

訊くと、

「そんな、いやッ」

義母はうろたえたようすでいった。

「そうしてほしいって、顔に書いてありますよ。というか、ここはもう舐めてほしくてたまらないみたいですよ」

いうと同時に洸介は肉芽を指でつついた。

「アッ――!」

義母は鋭い声を発して腰をヒクつかせた。

洸介は肉芽に口をつけた。舌でとらえてこねまわす。

義母は不自由な状態の軀をくねらせながら、すぐに感じ入ったような声を洩らしはじめた。

洸介は攻めたてた。クチュクチュと濡れた舌音がたって、義母が洩らす声が切迫した泣き声になる。

「アアだめッ、イクッ、イッちゃう！」

絶頂を訴えるふるえ声につづき、「イクイクーッ」と感泣しながら義母は軀をヒクつかせた。

洸介は義母を海老状の体勢から解放すると、女芯に指を挿し入れた。

放心したような表情をしていた義母は、眉根を寄せて「アアッ」と昂った喘ぎ声を洩らしてのけぞった。

洸介は指を抽送した。

それに合わせて義母が喘ぐ。感じてたまらなさそうなその表情と声が、洸介の股間をくすぐる。

それ以上に、女蜜にまみれている粘膜がねっとりと指にからみついてくるのを感じていると、怒張が甘くうずいてヒクつく。

洸介は、指を人指し指と中指の二本にして、抜き挿しした。

義母の喘ぎ声が高まった。刺戟が強まったぶん、ますます感じているようだ。

その証拠が、喘ぎ声以上に腰の動きに現れている。見るからに熟れた感じの色っぽい腰が、軟体動物のそれのようにうねっているのだ。

——指で、お義母さんを弄《もてあそ》んで感じまくらせている。

そう思うと、洸介は異様に興奮した。征服感を満たされたような興奮だった。

さらに征服欲にかられて、指の抽送を速めた。ネットのアダルト動画でよく見る〝潮吹き〟を、義母にさせてみたいと思ったのだ。

「アッ、アンッ、だめッ、アウッ、アッ、ウッ、アッ……」

義母が発する感じ入ったような声と、蜜壺からたつ濡れた派手な音が交錯する。

「それだめッ、だめだめッ！」

怯えたようにいうなり、義母は大きくのけぞった。

「イクイクイクッ……」

追い立てられたように絶頂を告げながら、腰を律動させる。

洸介が目論んだ〝潮吹き〟をさせることはできなかった。それでも指を抜いて義母の白い腹の上に手をかざすと、まるで水の中から手を引き上げたように女蜜がしたたり落ちた。

「お義母さん、こんなですよ」

そういって洸介が手を見せつけると、放心状態の義母は反応しなかった。が、すぐに我に返ったようすを見せると、「いやッ」といたたまれないような表情を浮かべて顔をそむけた。

洸介は義母を抱き起こしてバスローブの紐を解くと、押し倒していって抱きしめ、キスしようとした。すると義母のほうからしがみついてきた。

「アアッ、またイクッ！」

昂った声でいって軀をわななかせる。

抱きしめられただけで、すぐまたイッてしまったのだ。

洸介はそのまま半回転して義母を上にすると、耳元で囁いた。

5

「お義母さん、シックスナインしましょう。軀の向きを変えてください」

洸介に耳元で囁かれて、美沙緒はカッと頭の中が熱くなった。そんないやらしいことはできない——という考えが頭をよぎったからだが、それだけではなかった。そのいやらしい行為に興奮を煽られてもいた。

それも、洸介の舌と指でたてつづけにイカされて欲情をかきたてられていたせいだった。

美沙緒はいわれたとおり、軀の向きを変えると洸介の顔をまたぎ、彼の下腹部に屈み込んだ。

目の前の、若い勢いを感じさせる黒々として艶のある陰毛と、猛々しくいきり勃っている肉茎に眼を奪われて、

——シックスナインなんて、いつしたかもう忘れた……。

そう思って軀がふるえそうになっていると、洸介の指の感触と一緒に肉びらが開かれる感覚に、美沙緒は喘いだ。

クレバスに洸介の舌を感じて、ゾクッとすると同時に腰が跳ねた。

その舌がクリトリスをこねる。

「アアッ！」

ゾクゾクする快感をかきたてられて美沙緒は喘ぎ、怒張に指をからめると口をつけた。

洸介に対抗して亀頭を舐めまわし、肉茎を舌でなぞる。

肉茎がまるでイキモノのようにヒクつく。

洸介も美沙緒に対抗するように、過敏な肉芽を攻めたてる。

美沙緒は怒張をくわえてしごいた。

「ウフン……フフン……」

こらえられない喘ぎが鼻声になる。

洸介は舌で肉芽を攻めるだけでなく、ときおり膣口もこねたり舌を挿し入れようとしたりする。

美沙緒はイキそうになるのを必死にこらえた。少しでも快感に身を委ねてしまうと、そのまま達してしまいそうだった。

そのぶんフェラチオに夢中になって、くわえてしごいたり口から出して怒張全体を舐めまわしたりを繰り返した。

それも夢中になるあまり、貪るようないやらしいフェラチオになった。

ところがその猥《みだ》りがわしさに美沙緒自身、ますます興奮してしまい、洸介の舌をよけいに感じてしまって、快感をこらえることができなくなった。

「だめッ、もうだめッ」

美沙緒は怒張から口を離して息も絶え絶えにいった。

すると洸介が舌を激しく律動させて肉芽を攻めたててきた。

美沙緒はひとたまりもなかった。一気に絶頂に追い上げられて、洸介の腰にしがみつくと、めくるめく快感によがり泣きながらオルガスムスのふるえに襲われた。

……尻を撫でまわす手の感触で、美沙緒は我に返った。

「お義母さん、もうこれがほしくてたまらないんじゃないですか」

洸介が肉茎をヒクつかせていう。

いや、と思ったが、美沙緒は口にできなかった。反射的にそう思っただけで、気持ちも軀も洸介にいわれたとおりの状態になっていた。それに、ヒクついている肉茎に合わせて、秘奥が脈動していた。

「このまま後ろ向きで、ペニスを入れていいですよ」

そういって洸介が美沙緒の尻を押す。

「そんな……」

戸惑って軀をくねらせながらも、美沙緒は洸介の下半身に向かって軀をずらしていった。

「お義母さん、自分で入れてください」

いわれてカッと頭の中が熱くなった。

——いくらペニスがほしくてたまらないといっても、美樹の夫のそれを自分で入れるなんて、とてもそんなはしたない、いやらしいことはできない。

美沙緒はそう思った。

──でもたまらない。後ろを向きなら、まともに見られるより少しはマシかもしれない……。

そう思ったら、もう自分を抑えることができなかった。

美沙緒は洸介の腰にまたがると、屈み込んで怒張を手にした。

これから自分がしようとしている淫らな行為を想うと、軀がふるえた。恥ずかしさのせいか興奮のためか、よくわからないふるえだった。

亀頭をクレバスにこすりつけた。

「アアッ……」

身ぶるいする快感に喘いだ。

亀頭を膣口にあてがうと息を詰め、ゆっくり腰を落とした。

ヌル──ッと、硬直が滑り込んでくる。それにつれて、めまいがするような快美感がわきあがる。

腰を落としきった瞬間、硬直で軀を貫かれたような感覚と一緒にしたたかな快感に襲われて、美沙緒は達してふるえた。

「アーッ、気持ちいいッ。さ、お義母さん、腰を遣ってください」

洸介が感に堪えないような声でいって、両手を美沙緒の尻にあてて促す。

いわれるまでもなく、そうせずにはいられない。美沙緒は腰を前後にゆっくり律動させた。

膣の中が肉茎でこねられ、こすられて、しびれるような快感のうずきがひろがる。

後ろ向きの騎乗位のため、前を向いたそれとは交接の角度が異なり、そのぶん刺戟が強いのだ。

しかも亀頭で子宮口をこすられて、甘美なうずきがわきあがる。

「アアンいいッ、アアッ、だめッ……」

このままではすぐにもイキそうになって、美沙緒は前屈みの体勢を取ると、腰を上下させた。

「オオッ、すごいッ。めっちゃ刺戟的な眺めだ」

洸介が興奮の声をあげていった。

「お義母さんのアソコにペニスがずっぽり入って、ズコズコしてるとこも、お尻の穴もまる見えですよ」

「いやッ、見ないでッ」

恥ずかしさに身を焼かれるような感覚に襲われて、美沙緒はいった。そんなところを見られていると思うと、いたたまれない。

それでも腰の律動を止めることができない。恥ずかしさよりも快感を求める気持ちのほうが上回っていた。

残っている理性はかけらもなかった。美沙緒は無我夢中で腰を律動させた。肉棒の強烈な突き上げが秘奥を襲う。そのたびに絶頂の階段を上っていく。

「アアッ、イクッ!」

いうなり美沙緒は腰を落とし、クイクイ激しく振りたて、

「イクイクイクッ……」

感泣しながら絶頂を訴えた。

洸介は美沙緒に息もつかせなかった。繋がったまま、すぐに美沙緒を前に押し倒して腰をつかむと、ズコズコ突きたててきた。

四つん這いにされて後ろから攻めたてられると、美沙緒は一瞬、犯されているような錯角に襲われた。

ところが瞬時に興奮に変わった。

美沙緒は当惑した。

もともと後背位という体位は好きではなかったのだ。動物的に思えるのと、そ

んな扱いを受けている気がして、屈辱的に感じるからだった。

そのため、いままでの美沙緒なら、後背位はなんとか回避するか、回避できなかった場合はできるだけ早くほかの体位に移ろうとするはずだった。

ところが後背位で攻めたてられて興奮しているのだ。こんなことは初めてだった。

興奮と一緒に快感をかきたてられて、両手で上体を支えていられなくなって美沙緒は突っ伏した。結果、尻を突き上げた体勢になった。

その瞬間、四つん這い以上にはしたない、いやらしい格好をしているという思いが頭をよぎった。

恥辱的でいたたまれなくなるはずの思いだが、そうはならなかった。それどころか逆に興奮を煽られた。

美沙緒にとってそれは、初めて経験するような異様な興奮だった。

そんな状態にあって、美沙緒のすべての神経は、膣とピストン運動している肉棒に集中していた。そこから生まれる、気持ちよすぎて泣きたくなる快感に——。

実際、美沙緒はこらえきれず泣きだした。よがり泣きながら絶頂を訴えてベッドにうつ伏すと、オルガスムスのふるえにつつまれた。

そのまま、洸介が両手で美沙緒の尻朶を押し分けて、肉棒を抜き挿しする。

美沙緒は意表を突かれた。

この、うつ伏した状態で後ろからされる行為も、どこかペニスで膣を掻き出されるような感覚も、初めての経験だった。

だが戸惑ったのも束の間、すぐに興奮を煽られ快感をかきたてられた。

とりわけ、変わった挿入角度で突き引きされる肉棒によって生まれる、新鮮でしたたかな快感は、美沙緒をまたたくまに感泣させた。

「お義母さん、これ、気持ちいいみたいですね」

洸介が思わせぶりに肉棒を抽送していう。

「いいわッ、いいのッ、アアまた、またイッちゃいそう……」

美沙緒は弾む息と一緒に正直にいった。

「ぼくも、たまんないですよ。お義母さんのここ、めっちゃ気持ちいいし、ペニスがズコズコしてるとこ見てたら、もう発射しそうですよ」

洸介がうわずった声でいう。

——いやらしい、恥ずかしいところを見られてる！

そう思うと一気に興奮が高まって、美沙緒はいった。

「アアッ、洸介くんイッてッ、わたしもイクから一緒にイッてッ」

ズンッと、肉棒が勢いよく突き入ってきた。

強烈な快感に軀を貫かれて、美沙緒は一度にめまいとふるえに襲われて昇りつめていった。

だが洸介のほうは射精していなかった。美沙緒から離れると、仰向けにして両脚を開いて腰を入れてきた。

怒張を手にすると、亀頭でクレバスをなぞる。

「そんなァ、だめ～」

美沙緒はたまらず嬌声をあげて腰をうねらせた。

「お義母さんのその腰つき、すげえいやらしくたまんないですよ」

そういいながら、洸介はなおも亀頭でクレバスをなぞる。

「いやッ、アアッ、きてッ」

美沙緒は腰を律動させて懇願した。

「入れてほしいんですね？」

洸介が訊く。

美沙緒は強くうなずき返し、

「アア入れてッ」

と、夢中になって腰を振りたてて求めた。

肉棒が一気に奥まで突き入ってきた。

美沙緒は呻いてのけぞった。一突きで、また達した。軀の痙攣が止まらない……。

6

ベッドに腰を下ろして缶ビールを飲みながら、洸介は隣のベッドを見ていた。

そこにはこれ以上ない、美味な酒のツマミが横たわっている。

まだ失神から醒めない義母の美沙緒が、全裸のままうつ伏せになっているのだ。その完璧なまでに官能的に熟れた裸身を、洸介は舐めるような視線でもって味わっていた。

義母は洸介のほうに顔を向けている。眼をつむって横たえているその顔には、興奮の余韻が浮かび、美貌がひときわ冴えて、艶かしい。

そして、艶のある黒髪が肩甲骨のあたりまでかかっている、きれいな背中。そこから流れるようなラインを描いてつづく、まろやかに盛り上がっているヒップ。放恣《ほうし》な状態の美脚。ヒップと同じく、その、ふるいつきたくなるような太腿……。ほんの数分前、射精したばかりだというのに、洸介の肉茎はふたたび充血して強張ってきていた。

義母の裸身を見ながら、洸介は思った。

——お義母さんは、今日ホテルにきたのは、もう会ってはいけないと、俺を説得するためだといっていた。だけど、そのあとのことを考えれば、そんなのは言い訳でしかないのは明らかだ。あんなに感じて濡れて、すっかりその気になってイキまくって、失神までしたのだから。

お義母さんはまちがいなく、最初から俺とセックスするつもりだったんだ。それを期待していたんだ。

でもどうして？　理性という鎧《よろい》をまとっているようなお義母さんが、なぜこんなことを……。ただ、それをいうなら、最初の夜だってそうだ。当然、なにか理由があるにちがいない。そうとしか思えない。一体どんな理由があるんだろう。

そのとき、義母がかすかに眼を開けた。ゆっくり開くと、呆然としたような表情を見せた。

「気がつきました?」

洸介が声をかけると、

「え?　わたし、どうしたの?」

まだ現実感がないようすで訊き返す。

「失神してたんですよ」

「そんな……」

ようやく事態が呑み込めたらしい。戸惑いを見せて起き上がると、這うようにして足元の毛布を引き寄せ、軀を覆った。

「喉、渇いてるでしょ。飲みます?」

洸介は義母のいるベッドに近寄って、飲みかけの缶ビールを差し出した。

義母は黙って受け取ると、美味しそうに飲んだ。そして、全裸で立っている洸介の下腹部を見ると、驚きの表情を浮かべた。

「失神してるお義母さんの裸見てたら、こんなになっちゃったんです」

洸介は笑っていって、エレクトしている肉茎をヒクつかせた。

義母は肉茎に眼を奪われたまま、喘ぎ顔になった。その顔がみるみる艶めいてきた。

洸介は義母の手から缶ビールを取ってナイトテーブルの上に置くと、ベッドに上がった。毛布を剝いで義母を抱くと、そのまま横になって脚をからめた。

キスしていくと、義母はすんなり受け止め、洸介が差し入れからめていく舌に、甘い鼻声を洩らしてからめ返してくる。

洸介は義母の手を取って強張りに導いた。

義母はそれをそっと握ると、その感触に興奮したかのように、舌をねっとりとからめてくる。

ひとしきり濃厚なキスを味わって、洸介は唇を離した。

「お義母さん、ぼく、ひとつわからないことがあるんですけど、訊いてもいいですか」

指先でしこっている感じの乳首をくすぐりながら訊くと、

「なに?」

義母がうわずった声で訊き返す。

「正直いって、今日はぼく、お義母さんはきてくれないだろうと思っていたんです。お義母さんて、すごく理知的なひとだから、もう会ってはくれないだろうって。それでも一ミリあるかないかの可能性に賭けたんです」

洸介はやさしいふくらみの乳房を揉みつつ、悩ましい表情を浮かべて繰り返しのけぞっている義母を見ながらつづけた。

「そうしたら、お義母さんはきてくれた。ぼくにとってはまさに奇跡、夢かと思いました。でも、失神しているお義母さんを見てるうちに思ったんです。お義母さんはなぜきてくれたんだろう？　なにか理由があるんじゃないか、そうとしか考えられないって。そうなんですか」

義母がジワッと強張りを握ってきて、洸介から顔をそむけた。その顔には、はっきり昂りの色が浮いている。

「洸介くんと同じよ」

義母は抑揚のない口調でいった。

「ぼくと？」

なにが同じか、洸介はとっさにわからなかった。だが、ふと思い当たった。

「欲求不満、てことですか」

義母は黙ってうなずいた。

「だけど、お義母さんには、お義父さんがいるじゃないですか」

洸介がいうと、義母はふっと、自嘲ぎみの笑みを浮かべて、

「あのひととは、ずっとレスなの」

「レスって、セックスレスってことですか」

「そう。もっとも、あのひとにとっては、レスはわたしとだけだけど」

「え!?　……じゃあ、お義父さんには、そういう相手がいるんですか」

「いまにはじまったことじゃなくて、あのひと、昔から女性関係はお盛んなの」

啞然として訊いた洸介に、義母はうなずき、ひどく醒めた口調でいった。

洸介は言葉がなかった。いままで義父と義母のことは、似合いの夫婦だとばかり思っていたのだ。

だが事実はまったくちがっていたことがわかって、最初の洸介の強引な行為に対する義母の反応も、そのあとの情事の中で義母が見せたさまざまなそれも、理由がわかった。

ただ、それでもなお、義母のような理知的な女でも欲求不満で狂ってしまうことがあるのか、と呆然としていると、

「皮肉なことだわね。こんな話、洸介くんとこんなことにならなかったら、とてもできなかったわ」

義母がつぶやくようにいった。自虐的にも見えるような笑みを浮かべて。

洸介は、不意に義母がかわいそうに思えてきて、義母を抱きしめた。

「だめ、シャワーを使わせて」

このまま洸介が行為に移ると思ったらしく、義母はあわてたようすでいった。

「じゃあ一緒に浴びましょう」

洸介がそういって起き上がると、義母はいやがらなかった。

それを見て洸介は、義母との間の壁のようなものがすべてなくなったように感じて、気持ちが弾んだ。

ふたりとも全裸でベッドを出ると、洸介は義母の後ろからじゃれるように抱きついた。

「こうやってバスルームまでいきましょう」

腰をくねらせて、むちっとした義母の尻に怒張をこすりつけてうながすと、

「アアン、洸介くんたら……」

義母はいままで聞いたことのない甘ったるい声でいって軀をくねらせる。

ふたりはそのままバスルームに入ってシャワーを浴びた。

「洗いっこしましょう」

ボディソープを泡立てたところで、洸介はそういって両手に義母の乳房をとら

えた。義母もそれにならって両手を洸介の胸に這わせてくる。

義母はすぐに洸介の胸を撫でていられなくなって、喘いで身悶える。洸介に乳房を揉まれているのだから無理もない。

洸介の提案で、つぎは抱き合って、たがいに軀の後ろをソープで洗うことにした。

ところがこれまた義母はすぐにそうしていられなくなった。下腹部に怒張を押しつけられているうえに、洸介が尻の割れ目に手を差し入れて、アナルからクレバスをこすったからだ。

腰を落としかけた義母を、洸介は後ろから抱いて、片方の手で乳房を揉み、一方の手を秘苑に這わせて、指で割れ目をこすった。

「アアッ、だめッ、立っていられなくなっちゃう」

義母がたまらなさそうに悶えながら、ふるえ声でいう。

ソープの泡のせいで、こすれ合う軀がヌルヌルして、その感触が気持ちいい。そればかりか、洸介は義母の軀がより生々しく感じられて欲情を煽られ、義母の尻に押しつけた格好になっている怒張がヒクつく。

そのとき、驚いたことに義母の手が怒張をまさぐってきた。その感触がたまらなくなったらしい。そっと握って、ヌルヌルしているそれを緩やかにしごく。

「ああ、気持ちいい。お義母さんはどうです？」

乳房と割れ目に手と指を遣いながら、洸介が訊くと、

「いいッ、いいわッ、でもだめッ、イッちゃいそうだからだめッ」

義母はクイクイ腰を振りながら、怯えたようにいう。

そこで洸介は義母を解放して、ふたりの軀にシャワーを当てソープの泡を洗い流していった。

シャワーの飛沫が尖り勃っている感じの乳首に当たると、義母は昂った喘ぎ声を洩らして軀をわななかせ、イキそうな反応を見せる。

そこまで過敏になっていると、飛沫が感じやすい部分に当たるとどうなるか、結果は火を見るよりも明らかだった。

実際、洸介が義母の股間にシャワーを当てると、義母はあっけなく達して、洸介の肩につかまっていられなくなり、浴室の床に崩折れるようにして腰を落としてしまった。

義母は、まるで欲情という魔物に取り憑かれたような凄艶な表情で息を弾ませながら、目の前の洸介の怒張を凝視している。

すると、洸介が求めるより先に、義母のほうから肉茎に両手を添えて、口をつけてきた。

眼をつむると、亀頭に舌をねっとりとからめ、舐めまわす。さらに肉茎全体に唇と舌をじゃれつかせるようにしてなぞり、くわえるとしゃぶり尽くすようにしごく。

そのようすは、洸介が見た中でももっとも貪婪なフェラチオだった。

ゾクゾクしながらそれを見下ろしていた洸介は、義母を押しやった。口から出た怒張が生々しく跳ねて、義母がうわずった喘ぎ声を洩らした。その表情は興奮と欲情で強張っている。

「ああ、お義母さんが夢中になってしゃぶってるの見てたら、我慢できなくなって、入れたくなっちゃいましたよ」

洸介はそういって義母を抱いて立たせた。

「ここで？」

義母が訊く。

「そう。ベッドにいくまで待てないんです。というか、いま入れたいんです。お義母さんだってそうでしょ？」

「わたしは、ベッドのほうがいいわ」

義母は気恥ずかしそうにいった。

「大丈夫。ここでお義母さんをイカせても、あとベッドにいってイキまくらせてあげますよ」

「そんな……」

笑って豪語した洸介を、義母は色っぽい眼つきで睨み、

「だけど、ここでどうするの？」

興味津々の顔つきで訊く。すっかりその気になっているのだ。

洸介は義母に、両手でバスタブにつかまってヒップを高く持ち上げるよう指示した。

「いやだわ、そんないやらしい格好」

「だから刺戟的でいいんじゃないですか。さ、思いきりいやらしい格好をしてください」

洸介が抱きかかえるようにしてうながすと、

「そんなァ、こんな恥ずかしい格好、いやよ」

そういいながらも義母は洸介が仕向けたとおり、バスタブにつかまって大胆に

ヒップを持ち上げた。

「いい格好ですよ、お義母さん。ぼくも、お義母さんをバックから犯してるみたいで、興奮しちゃいますよ」

洸介が怒張でむっちりした尻肉を撫でながらいうと、

「いや、犯してるなんて、だめ……」

義母はくねくね尻を振っていう。その声がなんとなくときめいているような感じで、とてもいやがっているとは思えない。

──意外も意外、信じられない感じだけど、お義母さんてマジ、マゾッ気があるのかも……。

そう思って洸介自身、胸をときめかせながら怒張で肉びらの間をまさぐると、義母の中に押し入った。

熱いぬかるみを怒張が貫くと同時に、浴室に義母の感じ入ったような喘ぎ声が響いた。

第三章　さ迷う欲望

1

洸介と関係を持ってから三カ月ちかく経って、季節は初夏を迎えていた。

この間に美沙緒は、四十七年の人生で初めてといってもいい大きな異変を経験していた。

異変の元となったのは、洸介とのセックスだった。

洸介とは、ほぼ決まって週末にホテルで逢っていた。

人目につきやすいホテルで逢うのはやめて、ウィークリーマンションでも借りようかと考えていたが、いまのところはホテルを利用していた。

ふたりの関係は、娘の美樹が帰ってきたら、それが一時的な帰国であっても、それを機に終わりにしようと洸介にいって、約束を取り付けていた。

ただ、果たして洸介が約束を守るかどうかは疑わしいと美沙緒は思っていた。

それでいてそんな約束を持ちかけたのは、美沙緒自身、なんとかして洸介との関係を断ち切ろう、そうしなければいけないと考えたからだった。なにかをキッカケにしなければ、自分から断ち切る自信はなかった。

いまもそんな自信はない。それが一番の問題だった。

なぜ自信がないのか。それはほかでもない、洸介とのセックスのせいだった。

洸介とのセックスを失いたくないからだった。

そんな精神状態に陥っている自分に直面したとき、美沙緒はひどいショックを受けた。打ちのめされた。

まさか自分が、ことセックスでここまで変わってしまうとは、考えてみたことさえなかった。

もともと美沙緒は自分は性欲が強いほうではないと思っていた。思春期や独身時代でも、オナニーをしたこともなかった。生理現象のようなものでムズムズすることがあっても、理性のほうが勝ってやりすごすことができた。

もっとも性欲がないわけではなかった。とりわけセックスの歓びを知ってからは、ときおりセックスをしたくなることもあった。それでも理性が性欲を抑え込んで、それですんでいた。

ところが事情が変わってきたのだ。

美沙緒は結婚前、夫の女癖があまりよくないという噂を耳にしていた。そんなのは噂の常で、誇張された話ではないか。あるいは悪意のあるデマかもしれない。彼は才能があって仕事ができる。それを妬む者の仕業なのかも。百歩譲って噂が本当だとしても、わたしと結婚したら彼は変わる。

そう思って結婚に踏み切ったのだが、夫が美沙緒の期待どおりだったのは、よくいう〝七年目の浮気〟の七年目までもたなかった。

ただ、夫の浮気に気づいても、美沙緒は離婚は考えなかった。娘の美樹がいたし、美沙緒自身の仕事も軌道に乗ってきたところだった。プライベートなゴタゴタは避けたかったし、夫はそれまでと変わらずやさしく、浮気以外に問題はなかったからだ。

そんな夫婦関係を何年もつづけているうち、表面的にというか外面はというか、見た目には変わらないまでも、夫婦の間には醒めた空気が生まれてきていた。

その間に夫婦のセックスも徐々に頻度が減ってきて、ついにはレスになってしまったのだった。

それでも美沙緒自身、さほどまでには欲求不満を感じなかった。そのぶん仕事に熱中していた。

だがそれは、ごまかしにすぎなかったのだ。

そのことを思い知らされたのが、ほかならぬ洸介とのセックスだった。

思いがけないことから洸介とセックスしてしまったあと、美沙緒はいろいろ考えているうちに、それまで思ってもみなかったことや自分に直面させられることになった。

第一は、欲求不満だ。

洸介に強引に求められたあのとき、あとから考えてみれば、美沙緒の気持ちと軀は真逆だったのだ。必死に拒もうとする気持ちと、欲求不満が過飽和状態に達していた軀――。

その軀は、情けないほどあっけなく美沙緒の気持ちを裏切って、洸介の行為に感応してしまった。

第二は、その感応だ。

あのとき、否応なく興奮と欲情に火がつくと、もう美沙緒はどうすることもできなかった。自分であってまるで自分ではないような気持ちに陥って、なりふりかまわず快感に貪欲になっていった。

あんなことになったのは、初めてのことだった。

——自分の中に、あんなに淫らになってしまう自分がいたなんて……。

そのことが美沙緒にとっては、もっともショックだった。

それでいて、思い出すと、恥ずかしさでいたたまれなくなると同時に全身が熱くなった。

だが、過飽和状態にまで溜まっていた欲求不満のことも、そのためにいままでになく感じて興奮し欲情して快感を貪ったことも、もう美沙緒は知ってしまったのだ。

もちろん、絶対に許されないことだという気持ちも、胸が張り裂けそうな罪悪感もあった。

それでも、もう自分を抑えることができなかった。どうすることもできなかった。

そして、洸介から一方的に呼び出されたあのとき、美沙緒は断りきれずにホテルにいった。なぜホテルにいったのか、その理由を用意していたが、それは文字通り言い訳にすぎなかった。

その日の洸介との情事で、美沙緒はショッキングな経験をさせられることになった。

それは、洸介にバスローブの紐で後ろ手に縛られたときのことだ。

美沙緒にとって、そんなことをされたのは初めてだった。

当然のことに驚き、うろたえ、それ以上に屈辱感が込み上げ憤りをおぼえた。

ところがそれも束の間、信じられないことが起きた。

恥辱的な行為が、あろうことかたまらない刺戟になり、それによって興奮をかきたてられ——まるで逆転してしまったのだ。

美沙緒にとってそれは、初めての経験だった。

それよりなにより、まさか自分の中にマゾヒスティックな性向があるなんて、思ってみたこともなかった。

それだけにショックは大きかった。アイデンティティを失ったようだった。

美沙緒が洸介との許されない情事にのめり込んでいってしまう、それはひとつのキッカケになったかもしれない。

金曜日のこの日の朝、夫は取材で関西に向かった。帰ってくるのは月曜日の午前中で、帰宅しないで直接、出社するということだった。

その話は、美沙緒は数日前に聞いていた。だが、まともに受け取ってはいなかった。冷静に受け止めて、気持ちが乱れることもなかった。

むしろ、夫の出張を歓迎していた。週末、心置きなく、洸介と逢えるからだった。

夫が出かけたあと、それにしても、と美沙緒は思った。

夫の話からすると、関西に三泊することになる。うち、今日金曜日は取材にしても、土日の二泊は愛人の加納玲奈を呼び寄せて楽しむ可能性が高い。それを夫の加納はどう思っているのだろう……。

そんなことを考えていると、夫と玲奈がベッドの上で全裸でからみ合っている生々しいシーンが脳裏に浮かんできて、美沙緒は軀が熱くなった。

嫉妬したわけではない。単純に刺戟を受けたのだ。

――夫と愛人のセックスシーンを想像して刺戟されるなんて……。

美沙緒は当惑した。自分はこんなにも淫らになってしまったのかという思いが込み上げてきたからだった。

それでいて、今日逢うことになっている洸介のことを――それも彼とのセックスを考えただけで胸がときめき、高鳴ってくる。

そんな調子だから、この日の講義は集中力を欠いてしまい、最悪だった。

なにがあっても講義や仕事に支障をきたすようなことがあっては絶対にいけない。

洸介と関係を持ってからも、美沙緒はそう固く自分に言い聞かせ、実際にそうしてきた。

ところがこの日ばかりはいけなかった。夫が留守の間、洸介と二日ホテルに泊まり込みでセックスを楽しむことができるため、異様に気持ちが高揚していたせいだった。

いったん大学から帰宅すると、出かける時間を見計らって、美沙緒はシャワーを浴びた。

軀にボディソープの泡を塗りつけていると、つい洸介との情事を想い浮かべてしまって、裸身までよけいに艶めかしく感じられる。

そういえば、と美沙緒は思い出した。この前、助手の若い女の子に、

「先生、なにかいいことでもあったんですか」

と訊かれて、どうして？　と訊き返すと、

「なんだか、表情が潑剌《はつらつ》とした感じで、ますますきれいに見えちゃったものですから」

そういわれて、

「あらそう。お世辞でもうれしいわ。こんどご馳走しちゃおうかな」

と美沙緒は返し、若い助手を喜ばせたのだった。

だが、口ではうれしいといったものの、美沙緒は暗澹とした気持ちになった。

──何も知らない第三者から見ると、そんな感じに見えるのかしら。わたしのしていることは、いいことどころか、とても罪深いことなのに……。

そう思ったからだった。

いまも美沙緒の、年齢のわりにきれいな形を保っている乳房も、その頂きのツンと尖ったみずみずしい乳首も、罪深さとは逆に艶かしく息づいている感じだ。

──罪深いのは、このわたしの軀なのかも……。

自責の念にかられながら、美沙緒はボディソープをまぶした手を下腹部のデリケートゾーンに這わせていった。

クレバスに手が触れると、それだけでゾクッとして喘ぎそうになり腰がヒクついた。

——こんなに過敏になってるなんて……。

そう思うと、わずかな間に自分の軀がひどく淫らになってしまったような気がして当惑した。

それより、こんな状態で洸介と逢ったらどういうことになるか、それを思ったら軀が熱くなった。

それに、いやでも胸がときめき、高鳴ってくる。

ソープの泡にまみれた軀にシャワーを当てながら、美沙緒はふと思った。

——ただ、洸介くんのことは、とくに好きというわけではない。もちろん、嫌いではない。もとから恋愛感情のようなものはない。だから彼とは、セックスだけの、肉欲の関係なのだ……。

それがよけいに淫らなことに思える。まして、すっかり肉欲の虜になってしまっている自分が、それにこの軀が——。

事実、熟れた軀はシャワーの飛沫に過敏に感応してしまって、美沙緒はふるえそうになるのを必死にこらえなければならなかった。

2

「安西くん」

コーヒーを飲み終わったとき声をかけられて、安西洸介は顔を上げた。

見覚えのある顔の女が、前に立っていた。

「野上《のがみ》？」

「久しぶり。元気してた？」

野上真帆《まほ》がにっこり笑いかけてきた。

「ああ。真帆は？」

「わたしも……それにしても奇遇ね。だれかと待ち合わせ？」

「いや、昼休憩で、メシ食べてコーヒー飲んでたところだ。真帆はなんでこんなところにいるんだ？」

「たまたま、局の同僚三人で、昼休憩にこのあたりブラブラしてて、このカフェに入ったの。で、向こうの席にいて、あれって、安西くんに気づいたの。同僚は先に帰ったんだけど、安西くんひとりだったら、ここ座っていい？」

「あ、ごめんごめん。いいよ」

洸介があわてていうと、真帆はテーブルを挟んで座り、腕時計を見た。

「だけど、昼休憩、もうすぐ終わりじゃない？」

「そうだな。真帆だってそうだろ」

「そうね。じゃあこういうのはどう？」

そういうと真帆は名刺を取り出して洸介の前に置いた。

「安西くんも名刺ちょうだい。連絡を取り合って、おたがい都合のいいときに食事にいくっていうのは」

「ああ、いいね。そうしよう」

洸介も名刺を取り出して真帆に渡した。

ふたりは大学の同級生で、学部はちがったがテニス同好会で一緒だった。

それより洸介は当時、野上真帆に好意を抱いていた。ただ、洸介には恋人がいたため、真帆にアプローチすることはできなかった。なにしろその恋人というのが、真帆の親友で、そのことを真帆も知っていたからだ。

おたがいの就職先はわかっていた。真帆の名刺は名の知れた出版社のもので、所属名は第三出版部になっていた。

真帆はショートカットのヘアスタイルが似合う、キュートな顔だちをしていて、プロポーションがいい。

洸介は、恋人とは大学四年のときのクリスマス・イブに別れることになった。だが真帆とは友達関係のまま卒業して、それぞれの道に進んだのだった。

真帆のことを考えているうちに、洸介の胸はときめいていた。ところがそのことに気づくと、ときめきは軽微なうしろめたさに変わった。義母の美沙緒のことが頭をよぎったからだった。

義母とは、いつもとちがって今日、金曜日の夜、ホテルで逢うことになっていた。

しかも義母の話では、夫が今日から三泊の予定で関西に出張する、だから洸介くんとホテルに二泊することができる、というのだった。

時間はたっぷりある。どうやって義母をイキまくらせてやろうかと、あれこれ考えていると、また胸がときめいてきた。

そのとき、先輩社員から仕事の指示が飛んできて、洸介はピンク色の世界から現実に引きもどされた。


洸介が先にホテルの部屋に入って義母を待つ。

それがいつものパターンで、この日も洸介はそうした。ただ、今回は逢うのが土曜日の午後ではなく、金曜日の午後六時なので、ディナーとアルコールをルームサービスで用意して待機した。

ホテルの部屋で落ち合うのは、義母が人目を気にしなければいけない立場だからだった。

もっともホテルは場所柄、人目につきやすい。それに密会は週に一度だが金もかかる。それなら、金がかかるのは同じでもウィークリーマンションを借りたほうがいいのではないか。

義母がそんな話をしたことがあるが、いまのところ話だけになっている。

洸介としてはどちらでもよかった。ホテルを利用するのにかかる金はすべて義母から出ていたからだ。

会社を退社後、その足でホテルにきた洸介は、ルームサービスを頼む前にシャワーを浴び、バスローブをまとっていた。

部屋のチャイムが鳴ったのは、六時五分ほど前だった。

ドアを開けると、いつものようにすっと義母が部屋に入ってきた。

これもいつものようにサングラスをかけて、束ねたロングヘアを胸の前に垂らした格好だった。

もっともこのヘアスタイルは、最初の夜とつぎにホテルで逢ったとき以降のことで、義母としては変装とはいかないまでも気休め程度に考えてそうしているらしい。というのもロングヘアを束ねるのは、自宅にいるときか極プライベートなときだけで、仕事では長い艶やかな黒髪をそのまま下ろしているからだった。

洸介にとってはどっちでもよかった。どっちのヘアスタイルも好きだった。

この日義母は薄いブルーの麻のスーツを着ていた。上着の下は白い光沢のあるカットソー。そして着替えが入っているのか、小型の旅行鞄を手にしていた。

部屋の真ん中に立った義母は、テーブルの上のディナーとワインに眼をやり、ついで洸介を見て鞄を足元に落とすと、抱きついてきた。抑えていた感情をいちどにあらわにしたように。

どちらからともなく、すぐに濃厚なキスになった。貪り合うように舌をからめていると、義母がせつなげな鼻声を洩らして腰をくねらせる。バスローブの前を突き上げている洸介の肉茎が義母の下腹部に当たっていて、それを感じて早くもたまらなくなったようだ。

義母が洸介を押しやるようにして唇を離した。

「だめよ。その前にディナーでしょ」

色っぽい眼つきでかるく洸介を睨み、息を弾ませていう。

「そうだね。今日はたっぷり時間もあることだし……」

洸介は笑いかけていった。情事を重ねるうち、当初のていねいな言葉遣いからときおりタメ口をきくようになっていた。

義母は洸介に秘密めかしたような笑みを投げかけると、クロゼットの前にいって鞄をしまい、上着を脱いでハンガーにかける。

白いカットソーはノースリーブだった。

その後ろ姿を──とりわけ熟れた色気がにじみ出ているタイトスカートのヒップを見て、洸介はふと、刺戟的なことを思いついた。

「お義母さん、じゃあディナーがより美味しく、楽しくなることをしましょう」

「なに?」

料理とワインが載っているテーブルのそばにいる洸介の前にやってきて、義母が怪訝《けげん》そうに訊く。

「脱いでください。下着姿で食事をするんです」

「そんな、いやよ、そんなこと」

義母はうろたえていった。

「どうして？　刺戟的じゃないですか」

「なにが刺戟的よ。恥ずかしくて、おちおち食事してられないわ」

「じゃあ、ぼくも脱ぎます」

いうなり洸介はバスローブを脱いで裸になった。

「これならどうです？　ぼくはオールヌードだけど、お義母さんは下着をつけていいから、さ、脱いでください」

「やだ、洸介くんたら……」

義母は当惑しながらも、洸介がわざと見せつけてヒクつかせている怒張に眼を奪われている。それればかりか、みるみる表情が艶めいてきた。

「さ、ヌーディストのディナーをはじめましょう。というか、覚悟してください。これから二日間はヌードで過ごすことになるんだから」

「そんな……しらない」

笑いかけていった洸介に、義母は抗弁しかけたが、すねたようないい方をしてうつむいた。

国際政治学者の瀬島美沙緒らしかぬ反応に、洸介が驚いていると、義母はカットソーを脱いでいく。

上半身、薄紫色のブラだけになった。ブラはほとんどが繊細なレースでできているものだ。

義母はついでタイトスカートを脱ぎ下ろした。

洸介の期待どおりの下半身が現れた。ブラと揃いのショーツにガーターベルト、そして肌色のストッキングだ。

「後ろを向いて見せてください」

ショーツの両サイドが紐状になっているのを見て、もしやと思って洸介はいった。

義母は黙って洸介に背中を向けた。

「すごいッ。Tバックじゃないですか」

予想どおりの下着に、洸介の顔は輝き、声が弾んだ。これまでシースルーなどはあったが、義母がTバックをつけているのを見るのは初めてだった。

それよりさきほど同様、国際政治学者の瀬島美沙緒とTバックのギャップが、洸介を驚かせ、それ以上に興奮させた。

「お義母さんがTバックなんて、想像もしなかったな。めっちゃいい！　見てるだけで漏れちゃいそうですよ」

むっちりとした白い尻朶に眼を奪われて、洸介がゾクゾクしながらいうと、

「いや……」

義母は小声を洩らして腰をくねらせる。

3

美沙緒自身、Tバックショーツをつけたのは、初めてだった。

このTバックとブラとガーターベルトがセットになった下着は、数日前に思いきって色ちがいの黒いものと二セット買い求めたうちの一つで、帰宅して早々に鏡の前でつけてみたのだが、そのとき美沙緒は全身がカッと熱くなった。恥ずかしさのせいだけではなく、昂りのためでもあった。

この日も出かけてくる前に鏡に写して見たのだが、これから洸介と逢うのだと

思うと、初めてつけたときより恥ずかしさも昂りも強く、軀が熱くなってふるえそうだった。

洸介に見られているいまは、それ以上だった。美沙緒はたまりかねて向き直った。

すると、洸介の怒張が眼に入った。

Ｔバックを見て興奮を煽られたらしい。さっきよりもいきり勃って、生々しく脈動している。

「ああ……」

軀が熱くざわめいて、美沙緒は喘いだ。

「お義母さん、前菜代わりにちょっと食べてみませんか」

洸介がいった。

「いや」

とっさにそういったものの、欲情に取り憑かれたようになって、美沙緒は洸介の前にひざまずいた。欲情と快感が一体になっていた。

怒張を手にすると、ねっとりと舌をからめていった。

興奮して頭がクラクラする。欲情が高まって内腿がチリチリして女芯が甘くうずく。

「ぼく、思ってたんだけど」

と、洸介がうわずったような声でいった。

「といっても、ちょっと信じられなかったんだけど、お義母さんて、マゾッ気あるんじゃないですか」

美沙緒は怒張をくわえたまま、うろたえて洸介を見上げた。

「そういわれたこと、ありません？」

洸介が訊く。

美沙緒は見下ろしている洸介から眼をそらすと同時に怒張から口を離した。目の前で脈動している肉茎に、子宮からふえるがわきおこって喘ぎそうになった。

「そんなこといわれたの、あなたが初めてよ」

怒張を見つめたままいった。

「そうなんですか。でもお義母さん自身、どうなんですか。マゾッ気があるって思ってました？」

「そんなこと、思うわけないでしょ」

「じゃあ、いまはどうです？」

美沙緒は屈辱感でカッと頭が熱くなった。

洸介が怒張を手にしてそれで美沙緒の顔を撫でまわすのだ。

屈辱感は、だがすぐに美沙緒自身うろたえるような興奮に変わった。それも陶酔のようなそれに——。

「おお、たまんないな。お義母さん、うっとりしちゃって、ゾクゾクするほど色っぽい顔してますよ。興奮してるんでしょ」

「アアッ……」

いや、というつもりが美沙緒の口を突いて出たのは、ふるえをおびた喘ぎ声だった。

洸介にいわれたとおりだった。ペニスで顔を撫でまわされるという屈辱的な行為を受けているというのに、めくるめく興奮に襲われて、しかも酔いしれているのだ。

美沙緒はもう完全に自分を見失っていた。欲情に取り憑かれていた。

怒張に舌をからめていって、夢中になって舐めまわした。

自身の淫らな行為に、さらに興奮を煽られる。そればかりか、淫らさが快感だった。

「うふん……ふうん……」

たまらなさがそのまま鼻声になる。

女芯が泣きたくなるほどうずいていた。それに怒張を舐めまわしているとひとりでに腰がうごめいて、クレバスに食い込んでいるTバックの紐でそこが刺戟されて、快感をかきたてられる。

美沙緒はこらえきれず、

「もうだめ。我慢できない。洸介くんの、ほしい。ちょうだい」

息せききっていった。

自分から男を、しかもペニスをほしがって求めたことなど、これまで一度たりともなく、初めてのことだった。

「うれしいな、お義母さんに求められるなんて」

洸介が声を弾ませていって、美沙緒を抱いて立たせた。

美沙緒は興奮の酔いが脚までまわっていて、立っているのがやっとだった。

「じゃあ前菜代わりってことで、ぼくはお義母さんの名器を、お義母さんはぼくのペニスを賞味することにしましょう」

洸介は笑っていうと、ベッドに両手を突いてヒップを突き出すよう美沙緒に指示した。

ふつうならすんなり聞き入れられるような指示ではないが、いまの美沙緒はふつうではなかった。恥辱的なそれに興奮を煽られて、いわれたとおりの体勢を取った。

「お義母さんのお尻、ぼく、好きなんですよ。なんでだかわかります？」

そういいながら洸介がヒップを撫でまわす。

「どうせ、いやらしいことなんでしょ」

美沙緒はうわずった声でいって、尻を小さく振りたてた。

「当たりです。むちっとして、きれいな形してて、めっちゃ色っぽくて、すげえいやらしい感じだからです」

「アッ、アアッ……」

美沙緒は喘いで腰をくねらせた。

洸介がTバックの紐をクイクイ引っ張って、クレバスに食い込ませるのだ。

脳裏に浮かぶその恥ずかしい情景と、クリトリスを紐でこすられてわきあがる甘いうずきのために、ひとりでにいやらしい腰つきになってしまう。

Tバックの紐が横にずらされた。

こんどはあからさまになった秘苑が脳裏に浮かび、全身が熱くなると同時に喘いだ。

「お義母さん、ビチョビチョに濡れてますよ。フェラしてる間に、こんなに濡れちゃったんですか。あ、そうか、ホテルにくる前から濡れてて、だからこんなになっちゃったんでしょ」

「ううん、いや……」

美沙緒はいたたまれず身悶えた。洸介のいったとおりだった。

そのとき、亀頭らしきものがクレバスに触れてきて、そこをなぞった。

「アアッ！」

昂った声と一緒に腰がヒクついた。

亀頭がクレバスを繰り返しなぞって、クチュクチュと濡れた生々しい音をたてる。

「ウウンッ、だめッ、アアッ、きてッ」

美沙緒はたまらず腰を振って求めた。

「入れてほしいの？」

洸介が亀頭で膣口をこねるようにしながら訊く。

「焦らしちゃいやッ、入れてッ」

美沙緒はストレートに求めた。

このあと、どういうことになるか、美沙緒はもうわかっていた。

情事を重ねるうち、ときに洸介は美沙緒に卑猥なことをいわせたがって、こうして焦らすようになった。

初めてのとき美沙緒は当惑し狼狽した。いままでこんなことをされた経験がなかったからだが、そこには、いやらしい中年男がしそうなことを、若い洸介がすることへの驚きもあった。

だがそのとき欲情の虜になっていた美沙緒は、洸介の誘導を拒絶することができなかった。

女性器の俗称は知っていた。それを初めて口にしてペニスの挿入を求めたとき、羞恥と興奮が一緒になったような異様な昂りに襲われて頭の中が熱く、真っ白になった。そして、どうにもならないほど欲情をかきたてられた。

情事のあとのベッドの中で、美沙緒は、女を焦らして卑猥なことをいわせるようなことをよくするのか、と洸介に訊いてみた。

するとと洸介はいった。

「いわせてみたいって気持ちはあったんですけど、いままでそんな気になることがなくて、お義母さんが初めてです」

唖然として、どうして？　と美沙緒が訊くと、

「お義母さんて、いやらしいこととか絶対いわないってイメージのひとだから。でも驚きましたよ。いやらしいことをいったあと、お義母さん、めちゃくちゃ興奮したから。ぼくも興奮しまくっちゃいましたよ」

そういって洸介は笑った。

美沙緒は返す言葉もなく、恥ずかしさを微苦笑と手にこめて洸介を軽くぶった。

「どこに、なにを入れてほしいの？　お義母さんの好きないやらしい言葉で、ちゃんと教えて」

案の定、洸介が亀頭でクレバスをこすりつづけながらいう。

美沙緒はいった。ワイセツな言葉で挿入を求める、これ以上ない猥りがわしさに興奮を煽られ、催促する淫らな腰つきになって。

「いやらしいお義母さん、大好き！」

いうなり洸介が両手で美沙緒の腰をつかんで押し入ってきた。

肉棒がヌーッと突き入ってきて、奥まで貫かれた瞬間、美沙緒は呻いてのけ

ぞった。

硬直した軀を快感が走り抜ける。軀がわななく。

「アアッ……イクッ！」

美沙緒は達した。

快感が染み渡っていく……。

「お義母さん、締めつけてきてますよ。ああ、いやらしく動いて、くわえ込んでる。たまンない」

うわずった声がいって、洸介が肉棒を抽送する。

美沙緒もすぐにまたたまらない快感に襲われはじめた。

洸介が腰を遣いながら、美沙緒の背中のブラホックを外し、ブラを片方ずつ腕から抜き取ると、両手で乳房を揉みしだく。

「アアンッ……アアッ、いいッ……アアン、でも、立っていられなくなっちゃいそう……」

女芯と乳房に生まれる快感が下半身にまでひろがって、膝がガクガクする。

「じゃあ座らせてあげましょう」

そういって洸介が肉棒を抜く。

「アンッ……」

快感の元が抜け出た感覚に軀がふるえ、腰が焦れったい動きを呈する。

洸介は美沙緒を真っ直ぐ立たせると、椅子を引き寄せて腰かけた。

肉茎は、美沙緒の蜜にまみれて、腹を叩かんばかりにいきり勃っている。

「さ、後ろ向きでまたがってください」

いわれるまま、美沙緒は洸介に背を向けて膝をまたいだ。その前に眼にした怒張が、後ろ向きの騎乗位の体位で突き入ってくる感覚を想起して、ゾクゾクしながら。

「お義母さん、自分で入れていいですよ」

洸介が両手でウエストからヒップをなぞりながらいった。

ためらいとか拒否とか、そんな頭は美沙緒にはなかった。あるのは、目の前のしたたかな快感だけだった。

美沙緒は喘いで中腰になった。

前屈みになって怒張をつまむと、ヘアの陰からわずかに開いて覗いている肉びらの間を、さらに腰を落として亀頭に触れさせる。

その生々しい感触と一緒に自分の行為がひどくいやらしく思えて、軀が熱くなると同時に興奮を煽られる。

興奮に突き動かされて、二度、三度、亀頭をクレバスにこすりつけて喘ぎそうになるのを必死にこらえ、膣口にあてがうと、ゆっくり腰を落としていった。

肉棒が、向き合った体位で侵入してくるのとはちがう角度で滑り込んでくる。

その、後ろから貫かれる感覚に似た快感に、腰を落としきると同時に襲われて、それだけで美沙緒は軽く達した。

「ほら、見て」

耳元で洸介にいわれて、一瞬なんのことかと思ったが、正面を見た瞬間、

「やだァ！」

美沙緒は悲鳴をあげ、あわてて両手で下腹部を隠そうとした。

だがすかさず洸介に羽交い締めにされてしまった。

「いやッ」

いたたまれない恥ずかしさに、声が喉につかえた。

正面にはドレッサーがあって、その鏡に美沙緒のあられもない姿が写っているのだ。足元は鏡から切れているが、淫猥な部分もあからさまに——。

「どう？　刺戟的な、いい眺めでしょ」

洸介が耳元でいう。

「いや、だめ……」

美沙緒は声がふるえた。いたたまれない恥ずかしさはまたたくまに興奮に変わっていた。

それにいったんそむけた視線は、また淫猥な部分——肉びらの間に肉茎がズッポリと突き入っている——に吸い寄せられて、そこから離せなくなっていた。

すると、洸介がゆっくり腰をうねらせる。それに合わせて肉茎が抽送される。

「アアッ、アアン、いやらしい……」

美沙緒は興奮を煽られて、洸介の動きに合わせて腰を遣った。視覚的な刺戟と肉体的な快感が一緒になって、そうせずにはいられない。

洸介が両手で乳房を揉みたてる。手が自由になった美沙緒だが、すでに下腹部を隠そうとする気などなく、両手で洸介の腕につかまって、クイクイ腰を振りたてた。

なりふりかまわず行為に夢中になってよがり泣いている自分を鏡の中に見て、興奮と快感で気が遠くなりかけていると、

「お義母さん、マゾッ気があるから、こういういやらしいの、好きでしょ。すご

く感じちゃうでしょ」

洸介が囁くようにいう。

「そう、好きよ、感じちゃう」

美沙緒はいった。そういって自分をさらけ出すこともたまらない快感だった。

洸介が片方の手で乳房を揉み、腰を遣いながら、手を下腹部に伸ばす。

女蜜にまみれた肉茎が出入りしているすぐ上に指を這わせると、過敏な肉芽をとらえてこねる。

「アアッ、だめッ、いいッ、イッちゃう！」

美沙緒はふるえ声でいって腰を振りたてた。

4

「そういえば安西くん、結婚したって噂を聞いてたんだけど、そうなの？」

食事をしながら、おたがいの仕事の話をしているうち、野上真帆がふと思い出したように訊いてきた。

「そう。真帆はこの前もらった名刺だと、『野上』のままだから、まだ独身みたいだな」

「ええ。結婚するとしたら、だいぶ先のことになりそう。まだしばらく独身生活を楽しみたいから」

真帆は笑っていうと、スペイン産のワインを飲んだ。

安西洸介と野上真帆がいるのは、スペイン料理の店だった。

洸介にとっては、義母の美沙緒とホテルに二泊してセックス三昧のときをすごしてから五日経っていた。

あのときは日曜日の午後、洸介はホテルの部屋で義母と別れたのだが、さすがに疲労困憊して、ひとりになるとホッとしたものだった。体力も精力も使い尽くしていたからだ。

ところが義母のほうは洸介とは対照的に、ホテルにきたときよりも溌剌として見えた。まるで若い男のエキスを吸い取って、生気がみなぎっているかのようにだった。

これには驚くより空恐ろしさのようなものをおぼえた洸介だった。

そういうこともあって、さすがにセックスは食傷ぎみになった。いくら相手が容貌も軀もセックスも魅力的な義母でも、欲望がわいてこなかった。

もっとも、それも二、三日のことだった。若い軀は早々に体力精力を取りもどしてセックスをほしがるようになった。

ところが今週は義母と逢えないことになったのだ。土日にかけて学会と講演会があるというのだった。

そこで洸介は、野上真帆をデートに誘った。すると真帆はすんなり応じてくれて、金曜日のこの夜、逢っているのだった。

結婚の話をしているうちに、洸介は真帆から結婚生活のことを訊かれて、あまりいいたくなかったが仕方なく、妻のことを話した。

「へえ～、奥さんジャズシンガーだって聞いてたけど、そうなの」

真帆は驚いたようだ。

「じゃあ安西くん、いま独りなんだ」

「ああ。独身時代にもどったみたいだよ」

洸介は苦笑いしていった。

「それをいいことに浮気してるんじゃない？」

真帆が揶揄《やゆ》する眼つきで見る。ワインのせいか、キュートな容貌がどことなく艶めいてきている。

洸介は義母のことが頭をよぎった。

「そう、絶好のチャンスなんだけどさ、残念ながらモテないからチャンスを活かせないんだよ」

冗談めかしていうと、

「モテたら、すぐにも浮気したがってるみたいじゃないの」

真帆が軽く睨む。

「男ってのは、大抵そうだよ。それより、真帆はどうなんだ？　結婚はともかく、真帆ならモテるだろうし、彼氏のほうは」

「……安西くんと同じ」

ちょっと考えてから真帆はいった。

「同じ？　どういうこと？」

「わたしも、いまは独りなの」

「いまはってことは、彼氏がいたんだ？」

真帆は小さくうなずいてから、

「半年くらい前までは……」

「で、別れたってこと？」

「そう。不倫だったの」

真帆は洸介が訊かないのに自嘲ぎみにいうと、うつむいて、

「彼、わたしが求めたわけでもないし、わたしはそうしてもらわなくてもいいっていってたのに、必ず奥さんと別れるって、ずっといいつづけてたの。そのうちわたし、その気もないのにウソをいわれつづけるのがいやになっちゃって……バカよね、そんなこと、早くから気づいてたのに……」

「でも、なかなか別れるふんぎりがつかなかったんだ？」

真帆は自嘲の笑みを浮かべたまま、うなずいた。

――ふんぎりがつかなかった理由として考えられるのは、気持ちの問題が大きいだろうが、セックスのそれもあるのではないか。

洸介はふとそう思ったが、それを口にすることはできなかった。

真帆とは学生時代の同級生で友達というだけで、まだそういうことができる関係とは思えなかった。

それに洸介のほうは最初から下心があって真帆をデートに誘ったのだが、このあと真帆と友達以上の関係になる可能性も、もともと疑わしかった。

「で、彼のこと、いまもひきずってるのか」

洸介は訊いてみた。

真帆はかぶりを振った。

「少し時間がかかったけど……でも――」

「でもなに？」

「ううん、なんでもない」

真帆は洸介の視線を避けていった。

その表情に洸介は眼を奪われた。なぜかさきほどよりもさらに艶めいてきていたからだった。

レストランを出ると、ふたりともほどほどにワインの酔いがまわっていた。

夜の街を歩きはじめてほどなく、洸介は驚いた。同時に胸が高鳴った。酔いのせいもあってか、真帆のほうから腕をからめてきたのだ。

洸介は思った。

――これなら、このまま直行できるんじゃないか。

ダメ元でホテルに部屋を取っていたのだ。ホテルまでは歩いてもいける距離だった。

だがそのとき洸介の頭を、『急《せ》いては事をし損じる』という諺《ことわざ》がよぎって、ワンクッション置くことにした。

「この先のホテルのバーにいかないか」

そういって洸介がホテル名をいうと、

「いいわね。Hホテルなら歩いていけるし、公園を抜けていくと近いわ。気持ちいいから、そうしましょ」

真帆が声を弾ませていった。

確かに昼間の熱気が醒めて、涼しいというほどではないが心地いい夜風が吹いていた。

ふたりはそのまま公園に入っていった。

——これは願ってもない状況だぞ。

園内を進むうち、洸介は胸をときめかせて思った。薄暗がりの中、ベンチや芝の上で何組ものカップルがいい雰囲気を出しているのだ。

真帆もそれに刺戟を受けたか、洸介が手を握っていくと、握り返してきた。そればかりか、指をからめていくと、それも許した。

指の股同士が接触してこすれる。セックスを連想されるようなその感触を、真帆も感じているのか、呼吸が乱れているような気配が洸介に伝わってくる。

ふたりは大きな樹木の陰にまわり込んでいた。洸介がそこに誘導したのだ。

洸介は樹木を背に真帆をもたれかけさせると、キスにいった。

真帆は拒まなかった。それどころか、洸介が舌を差し入れていくと、抑えていた激情をぶつけてくるかのように、せつなげな鼻声を洩らして熱っぽく舌をからめてきた。

これには洸介もますます興奮を煽られ、欲情をかきたてられた。

ふたりとも仕事帰りのため、サマースーツを着ていた。

洸介は、真帆の上着の下は鮮やかなサファイアブルーのタンクトップだとわかっていた。レストランではクーラーが効いているため途中で着直したが、初めのうちは上着を脱いでいたからだ。

そのときわかったことがもう一つあった。もともとグラマーでプロポーションもいい真帆だが、久しぶりに見たバストは相変わらず巨乳を想像させるものだった。

洸介は濃厚なキスをつづけながら、真帆の上着の下に手を差し入れ、タンクトップ越しに豊かなふくらみを揉みしだいた。

「ウンッ……ウフンッ……」

キスをしていられなくなったらしい真帆が、洸介から離した唇に手を当て、小さな呻き声を洩らす。場所柄、必死に声を殺そうとしているのだ。

そんな真帆の反応と、野外というスリリングな状況に、洸介はさらに興奮を煽られて真帆のフレアスカートをめくり上げ、下着越しに下腹部をまさぐった。

それでは我慢できず、パンストの上端から強引に手を入れ、そのまま股間に侵入させた。

「ウン、だめ」

真帆がうろたえたような感じの小声でいって腰をくねらせた。

驚いたことに、ヘアにつづいて生々しい肉びらの感触をとらえた洸介の手に、ビチョッとしたそれがあった。

真帆は早くもあふれるほど濡れていたのだ。

5

「アン……」

洸介は真帆を後ろ向きにするなりスカートをめくり上げた。

真帆は戸惑ったような声を洩らしただけでされるままになって、樹に両手をついた。

洸介の目の前に、薄暗がりの中でも十分に見える煽情的な眺めがあった。

むっちりして形よく張っているヒップを包んでいる肌色のパンスト、その下に透けて見えている赤紫っぽい色のショーツ。それを縁取っているレースまで見えた。

洸介はあたりを見まわした。人気がないのを確認して、めくり上げているスカートをウエストに挟み込むと、パンストに両手をかけて一気にショーツごと引き下げた。

真帆が小さく喘ぐと同時に量感のある白い尻がむき出しになって、くねくね振れる。

それを見て欲情をかきたてられながら、洸介はズボンのジッパーを下ろした。それこんな展開は洸介自身、まったくの想定外で、驚きながらの行為だった。それに、真帆もその気になっているのはとっくに明らかで、それも驚きだった。

そのぶん、くわえて野外という刺戟もあって、洸介は異様に興奮していた。

その証ともいうべき、いきり勃っているペニスを取り出すと、真帆の尻の割れ目にあてがって、そこをまさぐった。

「ウン……アン……」

艶めいた声を洩らして真帆がヒップをくねらせる。それもさらに尻を突き出して、早く洸介を迎え入れたがっているような腰つきで。

洸介は興奮を煽られながら女芯を探りあてると、両手で真帆の腰をつかんで押し入った。

派手に濡れていてもかなり窮屈な手応えならぬ〝ペニス応え〟があるそこを、奥まで一気に貫いた。

「アウッ――!」

真帆は鋭く呻いてのけぞった。その瞬間硬直した感じの軀が、つぎには小刻みにふるえた。

かつて好意を抱いていたものの関係を持つまでには至らなかった女を、後ろから貫いて、達したような反応をさせている。

その興奮でふるえそうになりながら、洸介は腰を遣った。

怒張の抽送に合わせて、真帆が必死に声を殺した感じの息遣いを洩らす。

洸介は律動しながら、周囲を見まわした。

人気はない。といっても人が現れないとはかぎらない。当然のことに洸介は気が急いた。

ところが真帆のようすを見て驚くと当時に思った。

——彼女もヒヤヒヤしてるはずだけど、それだけじゃないみたいだ。女って、こういうとき男とはちがって、スリルが興奮や快感になるのかも……。

そのようすはどう見ても行為に夢中になって興奮と快感に酔っている感じだ。

そのとき、真帆の息遣いが一段と忙しくなってきた。

「アアッ、だめッ、もうイッちゃう!」

抑えた、切迫した声でいう。

その声に煽られて、洸介は律動を速めた。

洸介も快感が一気に膨れ上がって、怒張に押し寄せてくる。

「イクよ!」

小声でいうと、

「わたしも!」

と真帆が返す。

洸介は真帆を突き上げた。

「イクッ」と、真帆の声。怒張が脈動してビュッ、ビュッと、快感液が迸《ほとばし》る。

洸介はかろうじて声をこらえた。


……手早くシャワーを浴びながら、洸介は思っていた。

——この展開を、どう考えればいいんだろう。とりあえず、ダメ元でこのホテルに部屋を取ってはいたけれど、正直いって今夜のところは好感触が得られたら、それでよしとしなければいけないだろうと思っていた。ところが思いがけず公園で野外セックスして、チェックインがむだにはならなかった。

考えてみると、真帆は今夜、最初から俺とセックスするつもりだったようだ。その証拠に、キスをしてオッパイを揉んだぐらいで、ビックリするほど濡れていた。彼氏と半年ほど前に別れたといっていたけれど、それからセックスをしてなくて欲求不満が溜まっていたのかもしれない。俺がバックから突いているときの感じ方も、いかにもそんな感じだった。

もっとも欲求不満のためだけではないかもしれない。もともと濡れやすく、感じやすいということだってある。ただ、どっちにしても、このあとのセックスが楽しみだ……。

そんなことを思っているうちに、肉茎が強張ってきていた。

それを眼にしたとき、チクッと胸が痛んだ。ふと、義母や美樹のことが頭をよぎったのだ。

義母に対してもなんだか浮気をしているようなうしろめたさをおぼえたが、それを頭から追いやると洸介はバスタオルを腰に巻いて浴室を出た。

先にシャワーを使った真帆は、ツインルームの窓を背に置いてある半円形のソファにバスローブをまとった格好で椅子に座って、缶ビールを手にしていた。

部屋に入ってすぐ、喉の渇きを癒すために缶ビールを洸介と分け合って飲んだのだが、冷蔵庫から新しく出してきたらしい。

「わたし、半分くらい飲んじゃったけど、もういいから、よかったら安西くん飲む？」

「ああ……」

真帆が差し出している缶ビールを受け取ると、洸介は飲み干した。そして、真帆の横に腰を下ろした。

抱き寄せると、真帆ももたれかかってきた。

洸介は唇を重ねた。すぐに濃厚なキスになった。舌と舌が貪り合うようにからみ、真帆がせつなげな鼻声を洩らす。

キスをつづけながら、洸介はバスローブの胸元から手を差し入れた。シャワーを浴びたあとの、わずかに湿りけが感じられる豊満なふくらみを揉むと、

「うふん……ふふん……」

真帆がたまらなさそうな鼻声を洩らして軀をくねらせる。実際、感じやすい軀をしているようだ。

すると、息苦しくなったように真帆が唇を離した。

「驚いたわ、公園であんなことをするなんて」

息を弾ませていう。

「俺も意外だったよ。でも刺戟的でよかっただろ？」

「あなたは？」

真帆がうつむいて訊く。

「ずるいな。先に俺にいわせるのか」

「そう。安西くんのせいだから」

真帆はかるく睨んでいった。

——女らしい答えだ。

そう思って洸介は笑いかけていった。

「刺戟的とはいったけど、俺はヒヤヒヤしててそれどころじゃなかったよ。でも真帆はスリルが刺戟になって興奮してたみたいだな。そうだろ？」

「そんな……でも、ホント。外でするなんて初めてだったし……」

一瞬当惑したようすを見せた真帆だが、屈託のない笑みを浮かべて洸介のいったことを認めた。

「それと、セックスするの、久しぶりだったんじゃないか」

洸介が訊くと、小さくうなずき、

「安西くんは？」

と訊き返す。

「俺もそうだよ。だからほら……」

洸介はそういって真帆の手を取り、バスタオルを突き上げているモノに触れさせた。

「うふ、すごい。わたしたち、似た者同士じゃない？」

真帆が秘密めかしたような、それにうれしそうにも見える笑みを浮かべていうと、バスタオル越しに強張りをくすぐるように撫でる。

「だな、真帆もびっくりするぐらい濡れてたもんな」

そういって洸介がバスローブの前を分けて手を差し入れ、下腹部をまさぐっていくと、

「やだ……」

真帆はあわてて太腿を締めつけた。

洸介の手をいやがったわけではなく、濡れていたといわれて恥ずかしがってそうしただけらしい。すぐにふっと締めつけを解いて、洸介の手の股間への侵入を許した。

公園であんなに濡れていたからショーツにもそれがついていたはずだ。そのせいだろう。真帆はショーツをつけていなかった。

肉びらの間に滑り込んだ洸介の指は、生々しい感触と一緒に濡れを感じ取っていた。それもシャワーなどとは関係ないとわかる、女蜜の粘りを――。

「真帆もすごいな。もうジットリ濡れてるじゃないか」

「うん、いや」

洸介が耳元で囁くと、真帆は艶かしい声でいって洸介のバスタオルに手をかけた。

真帆の股間から手を引き揚げて、洸介が見ていると、タオルがはだけられて、いきり勃っている肉茎がむき出しになった。

それに向けて真帆が屈み込むと、怒張を手にして亀頭に舌をからめてきた。真帆から受ける初めてのフェラチオに、洸介は興奮を煽られた。

不倫関係にあった男に仕込まれたのか、真帆の口舌の使い方は巧みだった。肉茎全体を隈なく、それもいやらしく舐めまわし、くわえると、ただ口腔でしごくだけでなく、ペニスのエラの部分を意識した感じでくすぐりたててくる。

洸介は快感をこらえながら、真帆からバスローブを取り去った。

フェラチオに熱中している真帆は、口腔でペニスを感じていると興奮するタイプらしい。たまらなさそうな鼻声を洩らして全裸の軀をくねらせている。

そのウエストのくびれからまろやかに張っている臀部のうごめきに、真帆の欲情がにじみ出ているように感じられて、洸介も欲情をかきたてられる。

怒張をくすぐりたてられて必死に快感をこらえているところに、この視覚的な刺戟がくわわると、洸介の我慢は危うくなった。

洸介は真帆を起こした。

真帆は興奮しきったような表情で息を弾ませている。

洸介は立ち上がると、真帆の前の床にひざまずいた。

「俺、大学のとき、真帆のこと好きだったんだよ」

「それもいうなら、真帆も、ってことでしょ」

真帆は色っぽい眼つきで洸介を睨んでいった。

「そういわれちゃうと返す言葉もないけど、でもやっと夢が叶った気持ちだよ」

洸介は苦笑いしていうと、両手を真帆の膝にかけて開こうとした。

「あ、だめ……」

真帆はあわてたようすで膝を締めつけた。が、反射的にそういってそうしただけで、頑なに拒もうとする意思はないらしい。すぐにふっと膝の力を抜いた。

だが洸介が膝を開くと同時に両手で股間を隠した。

その両腕に挟まれた状態で、ボリュームがあって見るからに弾力もありそうな乳房がせり出している。

きれいなピンク色をしている乳暈はやや大きめだが乳首は小ぶりで、いかにも感じやすそうだ。事実、すでに感じてそうなっているらしく、ツンと尖り勃っている。

洸介は真帆の膝の間に軀を入れると、乳房に顔を埋めていって乳首を口にとらえた。

真帆が息を呑む感じで軀をヒクつかせ、洸介が乳首を舌でこねると、

「アアッ」

と、早くも感じ入ったような声を洩らした。

洸介は乳首を舐めまわしたり吸いたてたりした。左右の乳首にそうしながら、ときおり両手でむっちりしている乳房を揉んだ。

真帆がきれぎれに感じ入ったような喘ぎ声を洩らす。快感が下半身まで及んでいるらしく、腰をうねらせるようにしたりうごめかせたりしている。

洸介は軀を徐々に下げていった。真帆が股間に伸ばしている両腕を両脇にどけて、乳房から腹部へと口唇を這わせながら。

股間から手が離されるのを、真帆はもう拒まなかった。

洸介が口唇を下腹部ちかくまで這わせたところで見上げると、真帆は両手で顔をおおっていた。

洸介は真帆の両脚を抱え上げると押し開いた。

「やだァ!」

真帆は悲鳴のような声をあげた。それでも両手で顔をおおったまま、腰をくね

らせただけだ。

両脚は、ソファの上に足を乗せて、Mの字の形に大きく開いている。あからさまになっている秘苑に、洸介は見入った。

ヘアは薄い。そのぶん盛り上がりが目立つ恥丘の上に、ほぼ逆三角形状にもやっと生えている。ヘアの下に、人の顔の鼻を連想させるような、縦長の二センチあまりありそうな膨らみがつづいていて、その包皮状の末端からわずかにピンク色の玉が覗いている。

真帆のそこは全体的にすこぶるきれいだ。形状的には人の鼻を連想させるクリトリスの鞘の部分が大きいという特徴はあるけれど、その下の船底型を描いている肉びらもピンク色をしていて、形もまさに花びらを想わせる。

もっとも、きれいなだけではない。特徴的なクリトリスの鞘や、花びらが女蜜にまみれているところなど、きれいさとは対照的な生々しさがあって、猥褻感もある。

「やだ、恥ずかしい」

真帆がたまりかねたようにいって腰をくねらせた。

つい夢中になって見入っていた洸介は、ふと我に返って真帆を見た。

真帆はまだ両手で顔をおおっている。指の隙間から洸介のようすを見たのかもしれない。

あからさまになっている秘苑に視線を感じてだろう、洸介が押し開いている両脚が小刻みにふるえ、息が乱れている。

それはだが、恥ずかしさのせいだけではないはずだ。見られていることが快感になって、興奮もしているようだ。恥ずかしいというだけなら、顔から両手を離して股間を隠すことができるのだから。

「真帆のここ、きれいだな。フェラしてくれたお返しに舐めちゃっていい？」

「そんなァ、しらないッ」

真帆が戸惑ったようにいう。

「いやじゃなさそうだから、舐めちゃうよ」

いうなり洸介は秘苑に口をつけた。ヒクッと真帆の腰が跳ねた。

舌で割れ目を舐め上げる。

「アアッ！」

真帆がふるえ声を洩らしてのけぞるのがわかった。

洸介は、膨れ上がっている鞘から覗いている肉球を、舌にとらえてこねた。

とたんに真帆が感じた喘ぎ声を洩らしはじめた。それも泣き声に似た喘ぎだ。

「いいッ……アアンいいッ……アアッ、だめッ、だめになっちゃう……」

快感を訴えながら、早くもイキそうになったらしい。

真帆が感じやすいのは、洸介もすでにわかっていた。

——このまま舐めれば、すぐにイカせることができる。

そう思ったときふと、悪戯心が起きて、顔を起こした。

「じゃあ舐めるの、やめとくか」

「いやッ、だめだめッ」

真帆は焦れったそうに軀をくねらせる。

「だめになってもいいのか」

洸介が笑いかけて訊くと、

「いじわるッ。いいのッ、アアンもっとッ」

欲情に取り憑かれて怒ったような表情で腰を振りたてて求める。

洸介は、真帆の両脚を膝裏に手をあてて押し上げ、さらに派手に開くと、秘苑にしゃぶりつき、膨れ上がっている肉球を舌で攻めたてた。

破廉恥な体勢を取らされた瞬間、真帆はうろたえたような声をあげたが、それはすぐに感じ入った声に変わり、さらに感泣の中から絶頂を告げると、よがり泣きながら腰を律動させた。

洸介は真帆の脚を下ろすと、怒張を手に亀頭で女蜜にまみれている割れ目をなぞった。

「アアッ、アアン……」

真帆が発情したような表情で股間を見つめて、亀頭の動きを追いかけるように腰をうねらせる。

「ほしい？」

洸介は亀頭で膣口をこねながら訊いた。

股間を凝視したまま、真帆がウンウンうなずき、

「ちょうだい！」

と、必死の形相で求める。

その迫力に煽られて、洸介は押し入った。

怒張が生温かい潤みをたたえた女芯に滑り込むと、真帆は眉根を寄せて声もなくのけぞった。

そして、一呼吸置くと、

「アア〜ンいいッ！」

一気に快感を吐き出すかのように感に堪えない声を放った。

洸介は両手でソファの背もたれをつかむと、腰を遣った。

女芯に突き入っている肉棒が、蜜壷に浸かった胴体を見せて、緩やかに出入りする淫猥な情景があらさまになっている。

洸介だけでなく、真帆もそれを見ている。それも真帆のほうは、欲情が乗り移ったような顔つきになって、そこから眼が離せないようすだ。

「アア安西くん、わたし、我慢できないッ。もっと、もっとしてッ」

緩やかな抽送に焦れたように、真帆が息を弾ませていう。

洸介はリクエストに応えて抽送を速めた。

「アアそう、いいッ、気持ちいいッ、たまンないッ」

真帆は泣き声になっていうと、そのまま一気に昇りつめていって軀をわななかせた。

そこで洸介は真帆と位置を入れ替えた。洸介がソファに座り、真帆が洸介に向き合って膝をまたいで結合する——対面座位の体位を取った。

「フラストレーションは俺より真帆のほうが溜まってたみたいだから、真帆の好きなように動いていいよ」

洸介がそういってけしかけると、

「安西くん、浮気はしてないっていってたけど、風俗とかいってたの？」

真帆がゆっくり腰を遣いながら訊く。

「いや。どうして？」

「だって、男のひとって、大抵そうでしょ」

「俺、風俗はあまり好きじゃないんだよ」

「そう。わたし、不倫には懲りちゃったから、もう絶対しないって心に決めてたの。それでいて、安西くんとこんなことになっちゃったけど、これっきりにしようと思ってるのよ」

真帆が腰をクイクイ振りながら、うわずった声でいう。

「これっきりなんて、俺はいやだよ」

洸介はあわてていった。

「俺は離婚するなんていえないけど、真帆がそれでもよかったら、このあとも付き合いたい」

「もちろん、前の彼氏とのことでもいったけど、わたしはそれでいいわ。だったら、こうしない？　どちらかが、もう逢うのをやめたいってことになったら、そのときはきれいに別れるってことに。大人の付き合いってこと」

「いいね、そうしよう」

洸介が声を弾ませていうと、

「アアだめッ、もうイクッ、イッちゃう！」

突然、真帆はいった。そして、夢中になって腰を振りたて、よがり泣きながらまた昇りつめていった。

洸介は真帆を抱いて立ち上がった。しがみついてきた真帆が「アアまたッ」と昂った声でいって軀をわななかせた。結合したままの怒張が奥を突き上げた拍子に、つづけて達したらしい。

そのまま、洸介はベッドに倒れ込んでいった。

第四章　妄想と情事

1

部屋に入ってきた義母は、顔が強張っていた。

すぐにその理由がわかった。

向き合うなり、洸介に抱きついてきたのだ。ここにくるまでずっと抑えていた思いを、というより欲情を一気に爆発させたかのように。

洸介が唇を重ねると、待ちきれないように義母のほうから舌を入れてきて、甘ったるい鼻声を洩らして洸介の舌に熱っぽくからめてくる。

圧倒されながら、洸介は思った。

——逢うのは二週間ぶりだし、その間欲求を我慢していたとしたら、無理もないか。だけど、それにしても理性の固まりみたいなお義母さんが、ここまで変わるなんて、女ってわからないもんだな。

呆然としたのも一瞬のことで、洸介はまた驚かされた。義母がバスローブをまとっている洸介の股間に下腹部をこすりつけてきているのだ。

洸介は両手で義母のタイトスカートを腰の上まで引き上げた。

義母が唇を離して喘いだ。だが洸介の行為をいやがりもせず、されるがままになっている。

義母は黒いガーターベルトをつけていた。それで肌色のストッキングを吊って、その上に黒いショーツを穿いている。ショーツはシースルーで、濃密なヘアが透けて見えている。

洸介はショーツの中に手を差し入れた。しっとりしたヘアの下をまさぐると、生々しい肉びらと一緒にビチョッとした感触があった。

「お義母さん、もうすごいことになってますよ」

「ああん、だって、二週間も逢えなかったからよ」

義母は凄艶な表情でいって腰をくねらせると、

「洸介くんはどうしてたの？　まさか、我慢できなくなって、ほかの女性と楽しんでたとか？」

洸介を色っぽく睨んで訊く。

「そんな、そんなことはしてませんよ」

洸介は笑っていった。本当は週中の三日前、真帆とセックスしていた。

「じゃあ検査させて」

義母が妙なことをいった。

「え？」

「見せて」

「なにを？」

「あなたの分身」

「そんなものを見て、なにを検査するんですか」

「二週間分の性欲がちゃんと溜まっているかどうかよ」

「え～、そんなこと、見てわかるの？」

「わかるわよ。わかったら困るの？」

義母が揶揄する眼つきで訊く。

「困りませんよ。いいですよ、じゃあ見て」

洸介は開き直ったようにいうと、紐を解いてバスローブを脱いだ。

ボクサーパンツの前は盛り上がっていた。

それを欲情が浮きたっているような艶かしい表情で見つめて、義母もスーツを脱いでいく。それも忙しげな手つきで。

——検査なんていって、早いとこペニスを見たかったたってことだろう。

そう思いながら洸介はパンツを脱ぎ捨てると、見せつけるべく、ぐっと腰を突き出した。

勃起してほぼ水平の角度を維持している怒張を見た瞬間、義母は喘ぎそうな表情になった。上半身は黒い、これもシースルーのブラだけになっている。

義母は怒張を凝視したまま、タイトスカートを脱いで、すこぶる煽情的な下着姿になった。

ショーツ同様、ブラも乳房が透けて見えているため、全裸も同然だ。というより、白い肌と黒い下着のコントラストによって、それぞれがより艶かしく見えるぶん、全裸以上に刺戟的だ。

義母は黙って洸介の前にひざまずいた。

「ちゃんと勃起してるけど、でも少し、力強さが欠けてるみたい。どうして?」

怒張を凝視したまま、訊く。

「それはまだ、キスして下着姿を見ただけだからですよ」

洸介は苦笑いしていった。

「だけど、いままではそれだけでビンビンになってたわよ。それにこの二週間の間、ほかの女性となにもなくて性欲が溜まっているんだったら、そうなるはずでしょ。そうならないってことは、もしかしてわたしとのセックスが刺戟的ではなくなってきた、飽きてきたってこと?」

「そんな、そんなことあるわけないじゃないですか」

洸介は強い口調で否定した。

ただ、義母とのセックスに慣れてきて、刺戟的という意味では当初ほど強烈ではなくなっているのは事実だった。といっても飽きてきたわけでは、もちろんなかった。美熟女の義母とのセックスは、すべてが魅力的だった。

「ごめんなさい」

と、義母は謝った。

「気をわるくしたんだったら、謝るわ。洸介くんを責めてるわけじゃないのよ。

もとよりわたしにあなたを責める資格なんてないことはわかってるし、わたしがいいたいのは、洸介くんがわたしとの関係を終わりにしたいと思ったら、遠慮なくそういってほしいってことなの」

「俺、そんなこと、まったく思っていませんよ。なのにお義母さん、どうしてそんなことをいうんですか」

「それは……卑怯だと思うでしょうけど、わたしからはいえないからよ」

義母はちょっと考えてからいった。

「わたし、自分がこんなことになるなんて想ってもみなかったけど、いま洸介くんを失うのは、怖いの。ただ、どうしてこんなことになったのか、それだけはわかるけど……」

そこまでいうと、義母は怒張を手にして、指先で亀頭をなぞる。

「どうしてですか」

うわずった声で洸介が訊くと、

「洸介くんのせいよ。洸介くんとのセックスのせい……」

そういって亀頭に口をつけてきて、舌をねっとりとからめてくる。

「なら、終わりにするなんてますますいえなくなるように、今日もイキまくらせてあげますよ」

義母は洸介を見上げた。欲情と激情が入り混じったような眼つきで見ると、すぐに視線を落とし、眼をつむって怒張を舐めまわしはじめた。

肉茎がいきり勃ってくるにつれて、それを舌や口腔で感じている義母も興奮が高まってきているらしい。興奮に酔っているようなうっとりとした表情を浮かべて、ときおりたまらなさそうな鼻声を洩らして尻を微妙にうごめかせている。

洸介は情熱的なフェラチオを堪能すると、義母を立たせた。

義母は欲情した凄艶な表情で息を乱しながら、洸介の腹を叩かんばかりになっている怒張に眼を奪われている。

それをすぐにも入れてほしがっているような義母を見て、洸介は、立ったまま両手をソファについて尻を突き出すよう、うながした。

恥ずかしい体勢を取ることを、義母はいやがらず、黙って従った。

「お義母さん、もっと脚を開いて、思いきりいやらしく尻を突き出して」

「ああ、いや……」

口ではいたたまれなさそうにいいながらも、洸介の指示どおり、大胆に尻を突き出す。

こういう体勢を取ると、より脚線美が強調され、ガーターベルトをつけた下着姿がいっそう煽情的に見えて、怒張をうずかせる。

それに義母はまだ、スーツの色に合わせたらしいベージュの中ヒールのパンプスを履いている。

その、靴を履いたままというのも妙に煽情的に見えて、洸介を刺戟する。

洸介は義母の真後ろに立つと、ふるいつきたくなるほど官能的なヒップを包んでいるショーツに両手をかけて、むき下ろしていった。

義母は腰をくねらせるだけで、されるままになっている。

ショーツを取り去ると、そのまま洸介は義母の後ろにひざまずいた。

脚を開いて大胆に尻を突き出しているため、白い尻朶の間があからさまに見えている。唇をすぼめたような赤褐色のアナルも、すぐその下の女蜜にまみれている肉びらも――。

「いい眺めだ。たまンない……」

洸介は両手でまろやかな尻を撫でた。

「ああん、見ないでッ」

義母が尻をもじつかせて、恥ずかしそうな、それでいて艶めいた感じの声でいう。

口ではそういいながらも、見られて刺戟を受けているようだ。

「でもお義母さん、感じちゃってるんでしょ。アナルが締まったり緩んだりしてますよ」

「いやッ、そんなこと……」

洸介の指摘が思いがけなかったらしい。義母はひどくうろたえた感じでいって、恥ずかしくていたたまれないようすで身悶えた。

事実、洸介の視線を感じてだろう、アナルが収縮弛緩を繰り返している。

洸介は尻朶を押し分けると、秘苑に顔を埋めた。

義母が腰をヒクつかせて驚いたような喘ぎ声を洩らした。

洸介はベトッと濡れている割れ目を舌で上下になぞった。

「アアッ、アアンッ……」

義母がふるえをおびた声を洩らす。

舌に肉球をとらえると、洸介はこねまわした。さらには舌を躍らせて弾いたり、こすりたてたりする。

「アンッ……ウンッ……アアッ……アアンいいッ……アアッ、だめ、だめになっちゃう！」

感じ入ったような泣き声を洩らしていた義母が、怯えたようにいって軀をくねらせる。

洸介は義母の腰をがっちり抱え、膨れ上がっている肉球を舌で攻めたてた。

義母の感泣が切迫してきて、洸介の鼻が密着している女芯の口がピクピク痙攣しはじめたかと思うと、

「アアンイクッ、イクイクイクーッ！」

義母はよがり泣きながら絶頂を告げて軀をわななかせた。

洸介は怒張を手にすると、その先で肉びらの間を上下にこすった。さらに女蜜があふれたそこは、まさに蜜をベットリと塗りつけたようにヌルヌルしている。

「うう～ん、だめッ、洸介くん、きてッ」

義母がたまらなさそうに艶かしい声で求める。

「これがほしいの？」

洸介はクレバスをこすりながら訊く。

「ほしいの。ああん、焦らさないで、ちょうだいッ」

言葉どおり、義母の尻が焦れったそうにくねる。

「じゃあ、お義母さんが大好きな、いやらしくて興奮するいい方で求めたら、これをあげるよ」

「いやッ」

と、義母はかぶりを振った。

だが洸介にはわかっていた。一応いやがってみせても、つぎに義母がどういって求めるかが。というのも、これまでに何度も同じことをしていたからだ。実際、ここでも義母は洸介の期待どおり、卑猥な言葉で挿入を求めた。それも明らかに興奮しているとわかる口調で。

それを聞くなり洸介は押し入った。

ただ、怒張を中程まで入れたところで止め、そこまでで抽送を繰り返した。

「アアいいッ、アアンいいッ……」

義母が感に堪えないような声で快感を訴える。

こうやって女芯の入り口付近をこすられると強い快感があるらしく、義母は歓ぶ。そして、それで欲情に火がついてたまらなくなり、なりふりかまっていられなくなるのだ。

これは義母をそう仕向けるためのやり方だが、こういうテクニックを洸介がもともと持っていたわけではない。義母とのセックスを重ねるうちに手に入れたものだ。

「ウウンッ、もっと、もっと奥まで突いてッ」

義母がたまりかねたように軀をくねらせて求める。

卑猥な言葉でもって挿入を求めるのもそうだが、いまの義母の、欲情に犯されているような身悶えもいい方も、国際政治学者、瀬島美沙緒からは想像もできないものだ。

それに洸介も興奮と欲情を煽られて、義母を一気に貫いた。

その瞬間、義母はのけぞった。ついで「アーッ」と感じ入った声を放って軀を痙攣させた。一突きで達したようだった。

2

教授会がそのまま飲み会になって、ほろ酔い気分で帰宅すると、午後十時をまわっていた。

夫はまだ帰っていなかった。めずらしいことではない。その日のうちに帰宅するほうが稀で、帰ってこないこともある。

美沙緒はホッとした。ただそれだけだった。

夫の不在に安堵するのは、もうかなり前からのことで、初めのうちはそんな自分に当惑したりイヤな気分にさせられたりしたものだが、いつしかそんなことはなくなり、いまは極めてクールにホッとするだけになっている。

そのことも、美沙緒と夫の関係の有り様を象徴することのひとつだった。

寝室に入った美沙緒は、ふと洸介の声が聞きたくなり、ベッドに腰かけて携帯電話を手にした。

アルコールの酔いのせいもあったが、こんなことは初めてだった。

それだけ洸介にのめり込んでいる自分を思い知らされて動揺しながらも、呼び出し音を聞くと胸が高鳴った。

「洸介です」

と、洸介はすぐに電話に出た。ただ、声を潜めた感じだった。

美沙緒はとっさに都合がわるいのだと察して、

「ごめんなさい。すぐ切るわ。声が聞きたかっただけなの」

口早にいって切ろうとすると、

「会社の連中と飲んでるとこなんです。週末のルームナンバーがわかったら電話します。じゃあそのときを楽しみに」

洸介も早口でいって彼のほうから電話を切った。

最後の「そのときを楽しみに」という一言が、美沙緒の気持ちを一気に洸介との狂おしい情事へと攫《さら》って軀を熱くした。

美沙緒は立ち上がってウォークインクロゼットに入った。

入浴するために着替えようとして下着だけになったときだった。軀が熱くなった、その余波のように艶かしい気持ちが生まれてきて、クロゼットの壁面に張ってある全身が写る鏡の前に立った。

美沙緒自身好きな色の、蘇枋色のブラとショーツをつけている下着姿が写っている。

アルコールの酔いで放恣になっている気持ちと、洸介との電話の刺戟が一緒になって、やましいような胸の高鳴りに襲われながら、美沙緒はブラを取り、ショーツを脱いで全裸になった。

年齢にしてはきれいな形を保っている乳房……いくらか肉がついて脂肪が乗った感じの、それでもくびれているウエスト（これを見て洸介は「この感じが熟女っぽくて、すごく色っぽい」と褒めてくれた）……そして、（褒め言葉かなんだかわからないけれど、洸介が「いやらしいくらい色っぽい」といった）腰……。

この腰まわりの感じは、美沙緒自身、洸介にいわれたとおりだと思う。見ているだけで、自分でも妖しい気分になる。

それに黒々と繁茂している陰毛。濃いのがコンプレックスとはいかないまでも気にはなっていたけれど、ここも洸介は変な褒め方をした。「この濃いヘアはお義母さんらしくなくて、だからよけいに猥褻な感じがあって、ぼくなんか、ゾクゾクしちゃいますよ」と。

裸身を見てそんなことを思い出しているうちに、美沙緒は気持ちが昂ってきていた。

そのとき、心臓が止まりそうになった。

それとない気配を感じて振り向くと、あろうことかクロゼットの入り口に夫が立っていたのだ。

夫は唖然としたような顔をしていた。

といってもそれを見たのは一瞬のことで、美沙緒はあわてふためいてそばの衣類を搔き抱いて、

「いやッ、あっちにいって！」

悲痛な声を放っていた。

だが夫は引き下がらなかった。美沙緒に駆け寄ってくるなり、

「美沙緒！」

といって抱きしめてきた。

「いやッ、やめてッ、離してッ」

美沙緒は必死になって激しく抗った。

その剣幕に気押されたか、夫は美沙緒を離した。

美沙緒の荒い息遣いの中、重苦しい空気と沈黙が流れた。

数秒後、夫は黙って美沙緒のそばを離れ、クロゼットから出ていった。

美沙緒は茫然としていた。胸の中に、いちどにいろいろな感情が込み上げてきて渦巻いていた。


義母からの電話をうまく早々に切ることができて、洸介は胸を撫で下ろした。

——真帆がいなくてよかった。というより、ヤッてる最中だったら、ヤバかった……。

そう思っていると、真帆が浴室から出てきた。

ベッドに腰かけている洸介と同じく、バスローブをまとっている。

ふたりは、水曜日の今夜、たがいに仕事帰りにホテルのレストランで落ち合って夕食をすませ、部屋にきてセックスを楽しんだあと、交替でシャワーを浴びたところだった。

「わたし思ってたんだけど」

そういいながら真帆は洸介の横に腰を下ろした。

「つぎから逢うときは、わたしの部屋にしない？　ラブホはいやだし、こういうシティホテルだとホテル代がもったいないじゃない。それだしウイークデイじゃなくて、ゆっくりできる週末に逢うってことに」

真帆の提案に、洸介は困惑しながら、

「自分の部屋でもいいのか」

「いいわよ」

真帆はあっさりいうと、あ、となにかに気づいたようなようすを見せて、

「安西くん、心配してんでしょ？　そんなことをしてたら、わたしと抜き差しならない関係になっちゃうんじゃないかって。そんなこと、心配無用よ。安西くん

もそうでしょうけど、わたしも安西くんとのこと、セフレって割り切ってるから」

「あ、いや、そういうことじゃないんだ」

女からここまではっきりいわれると、洸介は苦笑いするしかなかった。

「じゃあなに？　なにか都合がわるいことでもあるの」

「そうなんだ。週末はちょっと都合がわるいんだ。俺、コーチングに興味があって、将来、指導者になりたいと思ってて、いま週末に受講してるんだ」

洸介は、とっさに会社の先輩のことを思い出して、出まかせをいった。

「へえ～、すごい。安西くんて、そんな努力家のとこあったんだ。見直しちゃった……」

真帆はすっかり洸介のウソを信用して感心している。

洸介は申し訳なく思いながら真帆を抱き寄せると、唇を重ねた。

舌を差し入れてからめていくと、真帆もからめ返してくる。

ふたりはこのホテルのレストランで夕食を摂《と》ったあと、部屋にきてすぐセックスに突入した。それも洸介より真帆のほうが積極的だった。

――先週、洸介は真帆と初めてセックスしたとき、そのあとのベッドの中で訊くと、真帆は不倫相手と別れて以来セックスはしていなかったといった。

それを聞いて洸介は、真帆の乱れぶりが納得できたのだが、もうひとつ気になっていたことを訊いてみた。不倫相手――会社の三十八歳の上司ということだが――のウソがわかっていながらなかなか別れられなかったのは、気持ちの問題か、それとも彼とのセックスが忘れられなかったからか、と。

真帆の答えは、両方、というものだった。

正直な答えだと、洸介は思った。両方だったとしても、女からすると、セックスのことはいいたくないだろうし、ふつうはそうするのではないか。

それと同時に、真帆のことを、本当の意味でセックスの歓びを享受することができる魅力的な女だと思った。

そんな真帆だから、半年ぶりに経験した洸介とのセックスで性欲に一気に火がつき、ほぼ一週間ぶりに逢ったこの日、燃え上がっていたのだろう。服を脱ぐのももどかしそうに全裸になると、前戯もそこそこに洸介の上になって腰を振りたて、豊満な乳房を弾ませた。

そのとき洸介は、真帆のするに任せながら、義母のことが頭に浮かんだ。

先週の土曜日に二週間ぶりに逢った義母も、まるで発情したようになっていた。

それを思い出して、洸介は思った。

——美樹はまだ若いせいもあるかもしれないけど、母娘でも美樹にはそういうところはない。その点、お義母さんと真帆は似てるといっていい。

その真帆の手が、洸介のバスローブの前を分けて下腹部に這ってきた。

「すごい。またビンビンになってる」

唇を離して、真帆がうわずった声でいった。指を怒張にからめている。

洸介は笑っていった。

「この前も驚いてたけど、まだ一回しただけなんだし、そんなにビックリすることじゃないだろう」

一週間前、真帆と初めてセックスしたとき、洸介は三回真帆の中に射精した。そのときも真帆は、洸介の回復力の速さと勃ちのよさに驚いていた。

「だって、安西くんは特別よ。すぐにビンビンになって、何回もできるんだもん」

真帆が怒張を手でくすぐるようにしごきながら、眼を輝かせていう。昂った表情をしているが、いちどセックスしているせいか、その前の発情したような感じはない。

「何回もは大袈裟だけど、それって真帆が経験した男たちと比べてってことか」

「そう。といっても、経験は三人だけど……」

「へえ～、意外に少ないんだ」

「失礼ね。意外ってなによ。もっと遊んでるって思ってたの？」

真帆は憤慨した。

洸介はあわてていった。

「いや、ちがうんだ。真帆とセックスして、すごく感度がいいし、もうすっかり開発されてるって思ってたから、ついそういっただけで、遊んでるなんて思ってないよ」

憤慨してみせただけで、本気ではなかったらしい。ふっと真帆が笑うのを見て、洸介は真帆のバスローブを脱がしながらいった。

「ま、人数よりも中身が問題ってことだろうけど、ということは相手の男のテクニックがよかったか、それとも真帆に性的にもセックスに関しても恵まれた素質があったか、どっちかだと思うんだよな。真帆は自分ではどっちだと思う？」

「恵まれた素質って、なに？」

「性的なことやセックスに対して興味や好奇心が強いってこと。つまり、そういうことが好き、いやらしいことが好きってことだよ」

洸介が重たげに張っている乳房を揉みながらいうと、

「そんなァ……でも、だったら、わたしに素質があったのかも……」

真帆は嬌声につづき、蠱惑的な笑みを浮かべてうわずった声でいった。

「そうか。だけど、それが真帆の魅力だよ」

洸介は真帆を立たせると、ベッドに上げた。

「じゃあ、いやらしいことが好きな素質を、大いに発揮してもらおうか」

そういって仰向けに寝ると、真帆にシックスナインの体勢を取るよううながした。

真帆はためらうことなく洸介の顔をまたぐと、いきり勃って彼女に狙いをつけている砲筒のような怒張に顔をうずめていった。

肉茎に真帆の手と舌を感じて、洸介も顔の真上にある秘苑に両手を這わせた。

真帆の舌が亀頭をねっとり、くすぐりたてるように舐めまわす。

ゾクゾクする快感に襲われながら、洸介は両手で花びらのような肉びらを分けた。

きれいなピンク色の粘膜があらわになった。そこは全体、女蜜にまみれて濡れ光っている。

洸介の視線を感じてだろう。アナルのすぼまりが収縮弛緩を繰り返すのに連動して、イソギンチャクを連想させる粘膜がアナルと同じ動きを見せている。

真帆は興奮と快感がこもったような鼻声を洩らしながら、怒張を舐めまわしている。

洸介も目の前の女芯にしゃぶりついた。

3

美沙緒は書斎の窓辺に立って、ぼんやり庭を見ていた。

落葉樹がわずかに色づきはじめていた。

──もう、秋になろうとしてるんだわ。

胸の中でつぶやくと、自分が季節感などとはまったく無縁の日々を送ってきたことを思い知らされたような気持ちになった。

それは、洸介との肉欲に溺れる日々だった。そして、その日々は過去形ではなく、いまもつづいている。

ただ、美沙緒はいま、名状しがたい気持ちに陥っていた。

その原因は、昨夜読んだ加納昌一郎の小説だった。

昨日の昼間、加納から美沙緒の研究室宛に郵便物が届いた。開けてみると、小説雑誌で、表紙に「加納昌一郎」の名前があった。そして、メモ書きが同封されていた。

拝啓　瀬島美沙緒様
しばらく構想を練っていた小説の連載が決まって、第一回が掲載されたので送らせて頂きました。それというのも、内容が美沙緒さんにも無関係ではないからです。
お忙しいところ大変恐縮ですが、ご笑覧頂ければ幸いです。
加納昌一郎拝

メモにはそう書いてあった。

そして、小説のタイトルは、『性の迷い人たち』というものだった。

美沙緒が郵便物を受け取って二時間後くらいだったか、それを見計らったように加納から携帯に電話がかかってきた。

加納とは、もう十カ月ほど前になるけれど、折り入って話があるといって呼び出され、夫と加納の妻の玲奈の不倫を教えられて以来、なんどか電話で話していた。といってもかけてくるのは決まって加納で、目的もいつもデートの誘いだったため、美沙緒としては体よくかわしていただけで、話すなどというものではなかった。

ところが昨日の電話では、加納は美沙緒がいささか気になることをいった。

「拙作を読んでもらったら、ぜひ会って感想を聞きたいと思っているので、ちかいうちにまた連絡します。それから、ちょっと美沙緒さんの耳に入れておきたいことがあるので、それもそのときに……」

そんな思わせぶりなことをいって電話を切ったのだ。

昨夜、美沙緒は『性の迷い人たち』を読んだ。

美沙緒と夫は、それぞれに書斎がある。ただ、夫は書斎にもベッドを持ち込んでいる。美沙緒と気まずいことがあると、そこに逃げ込むためだ。先日の夜、美沙緒に襲いかかって拒まれたときもそうだった。

『性の迷い人たち』を読みすすむうち、美沙緒は当惑した。

登場人物がみんな、どう見ても加納本人、加納の妻の玲奈、美沙緒の夫の瀬島、それに美沙緒としか思えない者ばかりだったからだ。

しかも加納とおぼしき小説家の主人公、加瀬俊一郎は、妻（作中、奈美）と瀬島らしき男（作中、鍋島芳樹）との不倫関係を知っていてそれを許し、妻から不倫相手との情事を事細かく聞き出して、それを妻とのセックスの刺戟剤にしている。

ところがこれには裏がある。加瀬と鍋島は旧知の間柄で、もとはといえば加瀬が鍋島に妻との不倫をけしかけたのだ。浮気性の奈美はそうとも知らず、不倫に走ったというわけだが、彼女自身、不倫の情事を夫に報告することを刺戟的に感じて楽しんでいる。

そういう（鍋島曰く）〝性の実験〟を試みている鍋島自身、いろいろな女たちと情事を楽しんでいる。

そして、その加瀬がいま狙いをつけているのが、職業も印象も美沙緒をモデルにしたとしか思えない女（作中、鍋島美由紀）なのである。

加納は、鍋島美由紀のことをこう描写していた。

『彼女は世界経済が専門の大学教授である。理知的な美貌の持ち主で、年齢は四十七歳だが素晴らしくプロポーションがいい。

ただ、頑丈な鎧のような理性をまとっていて、それだけの魅力がありながら、ふだんの彼女からは性的なものが感じられない。

ところが加瀬のような男にとっては、そこがたまらない魅力なのである。なぜなら、そんな彼女が鎧を脱ぎ捨てたとき、ベッドの中でどんな痴態を見せるか、それを想像しただけで軀がふるえそうな興奮をおぼえるからだ』

それを読んだとき、美沙緒はうろたえると同時に軀が熱くなった。

加納にそういう眼で見られていると思ったのと、洸介とのセックスのさなかの自分を思い浮かべたからだった。

小説の中では、美由紀以外の登場人物たちのセックスが赤裸々に描かれていた。ただそれだけでなく、『性の実験』というように心理的、肉体的な考察や分析を交えて。

そして、連載の第一回は、主人公の加瀬が美由紀に狙いをつけたところで終わっていた。

美沙緒は小説を読み終えたとき、ひどく動揺していた。自分も小説のタイトルの『性の迷い人』の一人であるかのような気持ちになっていたからだった。

そのため昨夜はなかなか寝つけなかったが、一夜明けたいまも動揺は晴れない気持ちとなって尾を引いていた。

この日は午後に講義があるため、大学にいかなければならなかった。出かけるために支度をしているとまた、加納が電話でいったことが頭に浮かんできた。

——耳に入れておきたいことって、なんなんだろう。

わけもなくいやな予感がして、美沙緒の気持ちは暗く、重くなった。

それだけではなかった。週末に洸介と逢うことを考えると、弾むはずの気持ちがなんだか重しでもついたかのように浮かかないのだ。

美沙緒は時計を見た。ちょうど正午になろうとしていた。

時計の針が正午を差すのを待って、洸介の携帯に電話をかけた。

洸介はすぐに電話に出た。

「ごめんなさい。今週は残念だけど都合がわるくなって逢えないの。洸介くんがホテルを予約する前に伝えておこうと思って……」

美沙緒がそういうと、

「……そう。がっかりだけど、でも都合がわるいんじゃ仕方ないね。じゃあ来週を楽しみにしてますよ。お義母さん、二週間ぶりだとこの前みたいに、すごく乱れちゃうから」

一呼吸おいて洸介はいった。

「いや」

美沙緒は思わずそういって電話を切った。恥ずかしさで顔が火照っていた。

——それにしてもずいぶんあっさりしてたけど、どうしてかしら。

気を鎮めてから、美沙緒は不審に思った。

これまでにも美沙緒の都合がつかないことがあって、逢えないというと、洸介は聞き分けのない駄々っ子のようにごねてそれを受け入れず、美沙緒を困らせたことがあった。挙げ句、美沙緒はなんとか都合をつけたのだが、今日のように聞き分けのいい洸介はこれまでなかった。

もっとも、ただの思い過ごしで、不審なことはないのかもしれない。

そう考え直すと、こんどは拍子抜けしたような気持ちになった。がっかりだといいながらも洸介があっさり逢えないことを受け入れたことが、なんとなく物足りなくなってきたのだ。

そんなおかしな気持ちの動きを、美沙緒は内心自嘲しながら自宅を出た。

4

「さっきいってたのは、この雑誌よ」

洸介が腰にバスタオルを巻いて浴室から出ていくと、真帆がそういってローテーブルの上を指差した。

テーブルの上には、雑誌と缶ビールが置いてあった。

「わたしがシャワーを使ってる間に、もちろん全部は読めないけど、ちょっと見てて」

洸介がシャワーを浴びている間に部屋着に着替えたらしい真帆は、そういうと浴室に向かった。

洸介は二人掛けのソファに腰を下ろすと、缶ビールを開けて飲んだ。そして、小説雑誌を手にとった。

この夜、洸介は初めて真帆の部屋にきていた。

部屋はマンションの1LDKで、LDKが八畳ほどのため、さほど広くはない。室内は過不足ない家具や調度類がセンスよく整えられていた。

部屋にくる前に洸介は、真帆と近くの居酒屋で夕食を摂りがてら酒を飲んだ。そのとき真帆が、自分が勤めている出版社が出している小説雑誌のことを話したのだが、その前に、

「安西くん、加納昌一郎って作家知ってる?」

と訊いてきた。

「ああ、知ってるよ。いちどだけだけど、会ったこともある」

洸介はそういってそのわけを話した。

義父の瀬島俊樹が加納昌一郎と学生時代からの親友で、その縁で洸介と美樹の結婚披露宴に出席してくれたのだ。ただ、洸介は加納の作品を読んだことはなかった。

「へえ~、そうだったんだ」

真帆は驚いた。このあとの彼女の言葉でわかったのだが、意外な縁だけでなく、べつのことでも驚いたようだ。

「でもだったら、この加納先生の『性の迷い人たち』って小説、ますます問題作ってことになるわ」

興奮ぎみにいう真帆に、洸介はどういう意味か訊いた。

「安西くんの奥さんのお義母さんて、あの瀬島美沙緒さんでしょ？」

「ああ」

いきなり義母の名前が出てきて、洸介は内心戸惑った。

「小説の中に、瀬島美沙緒さんがモデルみたいな女性が出てくるのよ。それでわたし、加納先生と瀬島美沙緒さんになにか接点があるのか、安西くんに訊いてみようと思ったの。そうしたら、ビンゴだったからビックリ！」

真帆はすっかり興奮してつづけた。

「それだけじゃないの。そういうことだったら、まるで一つのピースで一気にパズルが完成したみたいに、小説の登場人物がみんな、実在の人に当てはまる感じなのよ。主人公は小説家で、最初から加納先生自身だとわかったけど、主人公の若い奥さんは不倫しているの。それも夫公認で。そして主人公は、妻とセックスするとき、不倫相手との情事のようすを事細かに聞いて、それを刺戟にしてるんだけど、問題はその不倫相手で、その男は瀬島美沙緒さんらしい女性の夫なの。てことは、安西くんの義父ってことになるでしょ。これってどう思う？」

「どう思うって、小説だろ？　作家が勝手に妄想して、読者のウケを狙っておもしろおかしく書いているだけじゃないのか」

洸介は笑い飛ばした。

だが内心唖然としながらも、動揺していた。義母と義父がセックスレスの状態にあることがわかっていたからだった。

するとと真帆が聞き捨てならないことをいった。

「実際、加納昌一郎が書く小説のウリは男女の官能なんだけど、これまでほとんどの作品が実体験がベースになってるらしいの。で、ちょっと気になるのは、連載第一回の今回は、主人公が瀬島美沙緒さんらしき女性に触手を伸ばそうとしているところで終わってて、このあとどうなるんだろうってとこ……ていうのが、加納昌一郎って、女に手が早いってことで業界でも有名なの」

真帆の担当は小説雑誌ではなく単行本で、その打ち合わせでいままでになんどか加納に会っていて、なんどもデートに誘われたという。

ただ、真帆の場合、不倫関係の相手がいたのと業界の噂を耳にしていたため、加納の誘いをうまくかわしてきたらしい。

「このあとどうなるんだろうってとこ」

と真帆が興味津々の顔つきでいった言葉が、洸介は居酒屋を出たあともずっと頭の隅にこびりついて離れなかった。

それに気になることもあった。この日の昼、義母から電話があって、今週末は都合がわるくなって逢えないといったことだ。

——ふつうに都合がわるいだけじゃなく、なにかあったんだろうか。

真帆の話を聞いてそう思ったのだ。

洸介はソファから寝室に移動して、ベッドに仰向けに寝ていた。

そうやって加納の小説の気になったところだけちゃんと読み、ほかは斜め読みして、読み終えた。

小説の内容は、ほぼ真帆がいっていたとおりだった。といってもそれが事実だとは、とても思えなかったが。

第一、義父が加納昌一郎の妻と不倫をしているなど、万に一つも考えられなかった。

ただ、それでいて、洸介の気持ちはすっきりしなかった。義母と義父がセックスレスだということがどうしても引っかかってくるからだった。

そのとき、真帆が寝室に入ってきた。

「え!? 全部読んだの?」

ナイトテーブルの上の雑誌を見て、驚いたようにいう。

「ああ。ざっとな」

「で、感想は？」

いいながらベッドに上がってきた。真帆も軀にバスタオルを巻いた格好だった。

「やっぱり、小説家の妄想だと思うな」

洸介はそういうと、横で仰向けになっている真帆のほうに軀を反転させて、こんもりと盛り上がっている胸の上に挟み込まれているバスタオルを解いた。

あらわになった乳房は、仰臥していても豊満できれいな形を保っている。

そのまぶしいようなみずみずしい膨らみに、洸介はいきなりしゃぶりつくと、両手で揉みたて、乳首を舌で舐めまわした。

真帆がきれぎれに感じた喘ぎ声を洩らす。

洸介は猛々しい欲情に駆られていた。たぶんにさきほど読んだ小説のせいだった。

下腹部を怒張が突きたてているからだろう。たまらなさそうに腰をくねらせている真帆が、怒張に手を伸ばしてきた。

心地いい感触の手で肉茎をかるく握って、緩やかにしごく。

洸介は真帆に、シックスナインの体勢を取るよう耳打ちした。

真帆はすぐに応じた。洸介の顔をまたいで下腹部に顔をうずめていくと、怒張を手にして亀頭に舌をからめてくる。

ゾクゾクする快感に襲われながら洸介は、色も形状もきれいすぎて、いささかいやらしさに欠けるところが難といえば難の秘苑に両手を伸ばし、肉びらを分けた。

あからさまになったピンク色の粘膜は、すでにジトッと濡れ光っている。

そこに口をつけると、洸介は顔を振って舌で割れ目をこすりたてたり、女芯をこねたりした。

怒張をくわえてしごいている真帆が、泣くような鼻声を洩らしてたまらなさそうに軀をくねらせる。

膨れあがっている肉芽を、洸介は舌を躍らせて攻めたてた。

「アアッ、それだめッ、アアンッ、イッちゃう！」

真帆が怒張を握って昂ったふるえ声でいうと、前に突っ伏して、なおも攻めたてる洸介の舌に、

「イクイクイクーッ」

と、よがり泣きながら軀をヒクつかせる。

洸介は真帆の下から脱け出すと、彼女の腰を引き上げて四つん這いの体勢を取らせた。

達したばかりで支えきれないのか、真帆は上体を伏せた。そのため、尻を突き上げた格好になって、煽情的なまるみが一層強調された。

それにくわえて、後ろから犯してくださいといわんばかりの体勢を前に、洸介は猛っている欲情をさらに煽られて、怒張を女芯にあてがうと、真帆を貫くように突き入った。

その瞬間、真帆は感じ入ったような呻き声を放った。

洸介はがむしゃらに突きたてていった。

5

なにもなければ、洸介と逢うはずの土曜日の午後だった。

美沙緒は原宿にあるカフェに向かっていた。

午後二時に、そのカフェで加納昌一郎と会うことになっていた。

美沙緒のほうから会おうとしたわけではなかった。昨日、加納から電話がかかってきて、「そろそろ拙作の感想を聞かせてもらえせんか」といわれて応じたのだ。

美沙緒にとっては感想というよりも小説の内容が問題だったし、加納がいった「耳に入れたいこと」も気がかりだった。

そして翌日、つまり今日会うことになったのだが、すると加納は下心が見え透いた待ち合わせ場所と時間を提案してきた。ホテルのレストランで午後六時はどうか、といったのだ。

そこで美沙緒は急いで考えを巡らせて、待ち合わせは原宿のカフェで午後二時にしてもらいたいといった。飲食をともにするのは避けたかったし、会うのは昼間のほうがよかったからだった。

加納は美沙緒の提案に応じた。苦笑が見えるような口調で仕方なさそうに。

待ち合わせのカフェは、美沙緒にとってなにか特別に関係のある店というわけではなかった。仕事がらみでなんどかいったことがあるだけだが、表通りに面した店内の明るい雰囲気がふと頭に浮かび、しかも予約ができるということだったので指定したのだ。

予約のことが頭に浮かんだのは、週末の原宿ということを考えたからで、加納との電話を切ったあと、すぐにカフェの予約を取ったのだった。

ほぼ二時ちょうどに美沙緒がカフェに入っていくと、すでに加納昌一郎はきていて、窓際の席に座っていた。

加納は美沙緒を見ると、笑いかけてきた。

天然らしいかるくウエーブがかかった髪。口髭と顎髭をたくわえた、イタリア人を想わせるような容貌。それに煉瓦色のジャケットに白いシャツとパンツという格好は、まさに〝ちょいワルオヤジ〟という印象だ。

美沙緒はテーブルを挟んで加納と向き合って椅子に座った。

「お久しぶり。今日はお休みでしたか」

「ええ」

「お休みのところ、会っていただいてありがとう。美沙緒さん、相変わらずきれいですね。ぼく、デートで久々にドキドキしてますよ」

加納が調子のいいことをいうのを、美沙緒はなじる眼で見た。

そのとき、ウエイトレスがやってきた。

美沙緒がコーヒーを注文すると、加納はチョコレートパフェを頼んだ。

意外な注文に、美沙緒は驚いた。若いウエイトレスも、え？　という顔をしていて、ふたりは顔を見合わせると、クスッと笑い合った。

「やっぱり、笑われちゃったか。ぼくもコーヒーが好きなんだけど、それだとおもしろくないでしょ」

ウエイトレスが下がると、加納がおかしそうにいった。

美沙緒との間の空気を和らげるための計算だったのだ。

加納のしたたかさに美沙緒が当惑していると、

「ところでさっそくだけど、拙作の感想はどうですか」

「申し訳ないですけど、わたしにはほとんど関係のない世界のことなので、あまり感銘は受けませんでした」

美沙緒は予め考えていたことを口にした。

「そうですか。それは残念だなァ。ぼくとしては、褒められることはまずない、それどころか顰蹙《ひんしゆく》を買うか、怒られちゃうか、どっちにしても相当手きびしいことをいわれるだろうと覚悟して、それでも美沙緒さんの感想を聞けるだけでいいと思ってたんだけど……」

加納はがっかりしたようにいった。だが、さほどこたえているようすはなかった。

そのとき、ウエイトレスが注文の品を持ってきた。

「そういえば、美沙緒さん、瀬島を頑なに拒んだそうですね」

加納がチョコレートパフェを長いスプーンでつつきながら訊いてきた。

そんなことまで、夫は加納に話していたらしい。

美沙緒が憤慨し、狼狽していると、

「瀬島は落ち込んでいましたよ。妻以外の女と寝ることもあるぼくには彼の気持ちがよくわかるんだけど、あれで瀬島は美沙緒さんのことが一番好きなんですよ」

と、夫の身勝手な言い分を、加納は臆面もなく代弁した。

「ただ、ぼくとしては、美沙緒さんが瀬島と縒《よ》りをもどしてもらっては都合がわるいんだよね。といっても小説上のことなんだけど、鍋島と美由紀はセックスレスの状態に陥っていて、それがあってこのあと主人公の加瀬は美由紀と関係を持つことになる、という展開を考えているので……。そこで、美沙緒さんもわかったと思うんだけど、美沙緒さんをモデルにさせてもらったこの美由紀のこと、どう思いました?」

「どうって……加納さんが勝手に想像して創り出した女性、そう思っただけですけど……」

美沙緒は素っ気なく答えた。

取りつく島がないというように、加納は苦笑した。

美沙緒は気にかかっていることを訊いた。

「それより、加納さんがいってた、わたしの耳に入れておきたいことって、どんなことなんですか」

「ああ、そのことなんですけど、美沙緒さんにそうはいったものの、ぼく自身、いうべきかどうか、迷ってるんですよ。男女の色恋沙汰はだれもとやかくいうべきではない、というのがぼくの信条でして、ましてや告げ口なんてもってのほかだという思いもあって……」

「でも、わたしに関係することなんでしょ？」

妙にもったいぶって聞こえる加納の物言いに、美沙緒は苛立ちをおぼえたがそれを抑えて訊いた。

「ええ、そうです」

「だったら、いってください。それがどんなことでも、それでわたし、加納さんのこと、非難したりなんてしませんから」

「そうですか。じゃあいいましょう。じつは、思いがけないところを見ちゃったんですよ」

加納は興味を隠しきれないようすでいった。

「見たって、なにをです？」

うしろめたい秘密を抱えている美沙緒は内心ドキッとして、恐る恐る探るような口調になった。

「お嬢さんの美樹さんのご主人は、安西さんていいましたよね？」

「ええ」

美沙緒はますますドキドキして声がうわずった。

「安西さんはいま、美樹さんがニューヨークにいってて、独り暮らしだと聞いていましたけど、淋しかったんですかね、彼、不倫をしていますよ」

「え!?　本当ですか」

加納の断定口調に、美沙緒は思わず声のトーンが上がった。

「本当です。ぼくがこの眼でしっかり見ましたから。たまたまホテルのロビーで見かけたんですけど、最初は女性を見て、オヤッと思ったんです。知ってる女性だったから。で、男性を見て、安西さんだったので驚きましたよ。ふたりはどう見ても恋人同士って感じで、そのままエレベーターに乗っていきました。女性のほうは、今回ぼくの『性の迷い人』が掲載されてる小説雑誌を出してる出版社の編集者なんです。彼女は雑誌ではなく単行本の担当なんですが、ぼくも打ち合わせでなんどか会ってて、よく知ってるんです」

加納がいうのを、美沙緒は茫然として聞いていた。いきなりハンマーで頭を殴打されたようなショックを受けていた。

6

エレベーターの乗客は、美沙緒一人だった。

行き先の階のボタンを押して箱が上昇しはじめると、どこか現実離れした世界に向かっていくような感覚にとらわれた。

そう思いたい気持ちがそんな錯覚を生んだのかもしれなかった。

錯覚だけにそれは一瞬のことで、ずっとつづいている息苦しい胸の鼓動によって美沙緒はすぐに現実に引きもどされた。

加納昌一郎にショッキングなことを聞かされてから四日後だった。

その、カフェで加納と会った日の夜、美沙緒は洸介に電話をかけた。

「洸介くん、野上真帆さんのこと、よく知ってるでしょ」

加納から教えられた不倫相手の名前を出して訊くと、洸介は押し黙った。

美沙緒には、電話の向こうで洸介が絶句してうろたえているのがわかった。

「わたしは洸介くんを責めるなんて気持ちはないの。いずれこういうことになるだろうって思っていたわ。わたしたちのことは、もう終わりにしましょう」

美沙緒は必死に感情を殺していった。

「あとはあなたと美樹のことだけど、そのことでとやかくいう資格はわたしにはないし、あなたたちも大人なんだし、ふたりでよく話せばいいと思う。それからあなたとのこと、決して許されることではないけれど、わたし、とてもいい経験をさせてもらったと思ってるわ。ありがとう。わたしからあなたにいうことはこれだけよ。さようなら」

そういうと、美沙緒は一方的に電話を切った。

自分では平静に話すことができていると思っていたが、最後のほうは熱いものが込み上げてきて、声がふるえそうになるのを懸命にこらえなければならなかった。

それから今日までの三日間も、美沙緒は平静な精神状態ではいられなかった。洸介に大人の対応をしたものの、彼を失ったこれからのことを考えると、それが愛でも恋でもない肉欲のことで、はしたない恥ずかしいことだとわかっていても満たされない辛さを知っているだけに、途方に暮れて涙ぐんでしまうのだった。それに洸介に恋人がいることを話したあと加納がいったことにも、美沙緒は気持ちを乱されていた。

加納はこういったのだ。

――洸介の不倫を目撃したことで、美沙緒がモデルの美由紀が、小説の主人公加瀬と寝ることになるヒントを得た。

夫とセックスレスで欲求不満を抱えていた美由紀は、密かに若い恋人とセックスにふけっていた。ところがその恋人に若い女ができる。恋人はそのことを美由紀に隠すが、美由紀はそれに気づいて身を引く。

潔く身を引いたものの、それは若い恋人に対する年上の女の矜持《きょうじ》からで、美由紀は失意のどん底に陥る。一方、夫は加瀬の妻と不倫をつづけている。美由紀はいろいろ考えているうちに自暴自棄になって、加瀬に身を任せてしまう……。

加納の話を聞いたとき、美沙緒は内心ひどくうろたえた。美由紀と若い恋人が自分と洸介に重なったからだ。

その洸介から、美沙緒が別れを告げた翌日、電話がかかってきた。出るのをためらったのち出ると、

「お義母さん、ぼくはお義母さんとのこと、終わりになんかできません。もう逢えないなんて、絶対にいやです。彼女のことは、彼女もぼくのことをセフレだっていってますし、セックスだけの関係なんです。彼女とは別れますから、お願いです、いままでどおり逢ってください」

洸介は哀願口調で必死に訴えた。

それに対して美沙緒は故意に冷やかな口調で突き放した。

「セックスだけの関係っていうなら、わたしと洸介くんだって同じでしょ。でもわたしと洸介くんの場合、セフレなんてことではすまない。そのことはあなたもよくわかってるはずよ。彼女と別れるなんていわないで、セフレの関係をつづけているうちにわたしのことなんて忘れるわ。わたしもそう願ってるわ」

じゃあ――といって電話を切ったのだ。

そのあと美沙緒は洸介の哀願口調の訴えが耳から離れなかった。洸介に恋人ができたことのショックと同じくらい強く、それでもまだ彼を失いたくないという

気持ちがあったからだった。

そんな精神状態が不安定なとき、加納からディナーの誘いの電話がかかってきたのだ。まるでそれを見越していたかのように。

美沙緒はほとんど茫然自失状態のまま、その誘いに応じた。

ただ応じただけではなかった。加納がデートの場所と時刻を、ホテルのレストランで午後六時というのを、美沙緒のほうからホテルのバーで午後七時に変えてもらったのだ。

加納の誘いに応じた時点で、すでに美沙緒は加納と寝る覚悟を決めていた。デートの場所と時刻を変えてもらったのは、ディナーを摂る気持ちの余裕がなかったのと、アルコールの力を必要としていたからだった。

洸介への気持ちを断ち切るため、加納の妻玲奈と不倫をつづけているらしい夫への腹いせ……そんなことが頭に浮かんできたのは、加納の電話を切ってからあとのことだった。

ただ、夫への腹いせは美沙緒自身、加納の誘いに応じたことの言い訳にすぎないとわかっていた。夫に対する気持ちはすでに醒めていたから。

ホテルのバーで会った加納は、上機嫌だった。

待ち合わせ場所が美沙緒の要望でバーになったとき、加納ならずともそのあとの流れは予想できたはずだから無理もない。

「美沙緒さんには二重に感謝しなければいけないな。一つは、ぼくが考えている小説の展開に沿ったネタを提供してくれようとしていること。もう一つは、以前からのぼくの願望を叶えてくれようとしていること。ぼくはそう思ってるんだけど、まちがってます？」

カクテルで乾杯したあと、加納はうれしそうにいった。

美沙緒にとってはどっちもすんなり答えられることではなかった。考えながらカクテルを飲んで、グラスを見つめたまま、美沙緒は皮肉をこめていった。

「どう思うか、それは、妄想逞しい小説家でいらっしゃる加納さんの自由だと思いますけど……」

「なるほど、確かに」

加納は苦笑いした感じでいった。

「じゃあ、ぼくの妄想が叶うよう願って、もういちど乾杯してください」

うながされるまま、美沙緒は仕方なくグラスを持ち上げた。

その瞬間、加納と眼が合って、美沙緒はゾッとした。加納は笑顔だったが眼に欲情がにじんでいたからだ。おぞましさを振り払うように、美沙緒はグラスを空けると、二杯目のカクテルを注文した。

それぞれ二杯目のカクテルを飲み干したところで、加納は美沙緒にだけ新しいカクテルを注文すると、小さなメモを渡し、

「あとからきて」

そういって席を立った。

メモにはルームナンバーが書いてあった。

美沙緒は三杯目のカクテルを飲んでからバーを出た。少々、カクテルの酔いがまわっていた。

エレベーターを下りて教えられた部屋に向かっているると、足取りがおぼつかなかった。カクテルの酔いと、最高潮に達して息苦しい胸の高鳴りのせいだった。それも期待などによる胸の高鳴りではなかった。緊張と不安が入り交じった、いままでに経験のないそれだった。

部屋の前に立ってインターフォンのボタンを押す指がふるえた。

待ちかねていたように、すぐにドアが開いて、

「どうぞ」

と加納がいった。

美沙緒は部屋に入った。ツインの部屋だった。

加納はジャケットを脱いで、シャツとパンツという格好になっていた。美沙緒のほうはスーツスタイルだが、遊びのあるジャケットにタイトスカートを組み合わせてフェミニンな感じを出した服装だった。

部屋の中程で向き合うと、加納は美沙緒を抱き寄せてキスしようとする。

美沙緒は顔を振って拒んだ。

「キスはお預けってこと？」

加納が苦笑まじりに訊く。

美沙緒が黙ってうつむいていると、ジャケットを脱がそうとする。

「自分で……」

そういって美沙緒は加納に背を向けた。そして、息苦しい胸の高鳴りを吐息にすると、ジャケットを脱いだ。

加納の視線を感じながら服を脱いでいると、軀がふるえそうだった。

それでいて、開き直りのような気持ちが、美沙緒の中に生まれてきていた。

ジャケットにつづいてブラウスを脱ぐと、さすがに胸の鼓動が速まるのをおぼえながらタイトスカートを下ろしていった。

「オーッ、これは驚いた！」

美沙緒が想っていたとおり、加納がびっくりしたような声をあげた。

「美沙緒さんがガーターベルトなんてつけてるとは、夢にも思わなかったよ。素晴らしい。美沙緒さんプロポーションがいいから、すごく似合ってる。たまらなくセクシーだよ」

興奮を抑えきれないような声で、加納がいう。

美沙緒がつけているのは、ブラにショーツ、それにガーターベルトの三点がセットになった下着で、ストッキングだけ肌色だった。

最初、加納と寝るのに挑発的なガーターベルトをつけるのには迷いがあった美沙緒だが、加納が小説の中で書いていた『ふだんの彼女からは性的なものは感じられない』というフレーズが頭に浮かび、反発のようなものをおぼえて、『だったら挑発してやろう』という気になり、あえてガーターベルトをつけたのだった。

「せっかく、とびきりセクシーな下着をつけてるんだから、美沙緒さん、こっちを向いてちゃんと見せてよ」

加納がいった。

背後から肌に突き刺さってくるような加納の視線を感じて軀が熱くなり、小さくふるえていた美沙緒は、加納の求めを拒むことができなかった。恥ずかしさだけでなく、戸惑うような興奮にも襲われていたからだった。

「いいね〜。だけど、妙だな。美沙緒さんがガーターベルトをつけてるなんて、瀬島からは聞いたこともなかったし、だれに見せるわけでもないのにどうしてガーターベルトなんてつけてるの？」

うつむいて胸と下腹部に手を当て、両脚をすり合わせている美沙緒に、うつむいていてもわかる舐めるような視線を這わせながら、加納がいう。

「え!?　まさか美沙緒さん、恋人がいるってこと？　あ、でも恋人がいたら、ぼくとこんなことになってないだろうし……そもそもそこなんだよね、わからないのは。どうして美沙緒さんがぼくと寝てもいいと思ったのか。まさか、この前ぼくが話した、美由紀に恋人がいて、その恋人に女ができてって展開が、偶然にも図星だっただなんて――」

「やめて！」

思わず美沙緒はたまりかねていった。激しく動揺していた。

「あ、いや、すまない。どうも職業柄、詮索がすぎるわるい癖があってね。美沙緒さんがせっかくセクシーな下着をつけてきてくれているというのに、不愉快な思いをさせてしまって申し訳ない」

加納はそういって謝ると、美沙緒の肩を抱いてベッドに上がるよううながした。

加納もすでにモスグリーンのボクサーパンツだけになっていた。

美沙緒をベッドに仰向けに寝かせると、加納は添い寝する格好で横になった。

加納から美沙緒は顔をそむけた。自分でも顔が強張っているのがわかった。

そのとき、美沙緒は息を呑んだ。加納が胸に当てている美沙緒の手をどけて、ブラ越しに乳房を揉んできたのだ。

喘ぎそうになるのを必死にこらえていると、加納がブラカップを引き下げた。あらわになった乳房を、掌に包み込むようにして揉む……。

「アアッ……」

こらえきれず、美沙緒は喘いだ。いちどこらえを無くすと、もう無理だった。否応なくかきたてられる快感に、感じた声がきれぎれに口を突いて出る。

加納は慣れた手つきでブラを取ると、両手で乳房を揉みながら、口と舌で乳首をなぶる。吸いたてたり、舌でこねたりするのだ。

洸介とのセックスですっかり欲情にめざめている美沙緒の軀は、ここしばらくセックスしていないため、快感に哀しいほど感じてしまって、乳房をかまわれているだけでたまらなくなった。

それを見通したように加納が徐々に美沙緒の下半身に移動していって、両手でウエストから腰の線をなぞり、さらにショーツ越しに恥丘やその下の過敏なゾーンを思わせぶりな手つきで撫でまわす。

「ううん……あぁん……」

美沙緒は自分が聞いても軀がよけいに熱くなるような艶かしい声を洩らして腰をうねらせ、くねらせた。恥ずかしいと思っても、ひとりでにいやらしい腰つきになってしまう。

翻弄されているうちにショーツが下ろされ抜き取られて、ガーターベルトとストッキングをつけているだけにされた。

美沙緒は両脚を強く締めつけ、乳房と下腹部を手で隠した。

だが、強引に膝を押し開こうとする加納の力には太刀打ちできなかった。というよりその前に、なにがなんでも拒もうとする意思が美沙緒にはなかった。それにアルコールと快感の酔いが溶け合って、軀も気だるさに包まれていた。

加納が美沙緒の股間から両手を引き剝がした。

「いやッ」

美沙緒は両手で顔を覆った。

「ほほう、美沙緒は、オケケがかなり濃いんだな。ぼくは薄いより濃いほうが好きなんだ。どうしてだかわかる？」

加納がヘアを撫でながら訊く。

「知りません、そんなこと」

美沙緒は腰をもじつかせながらいった。声がふるえた。

「いやらしいからだよ。美沙緒さんのここみたいにね」

「いやッ、だめッ……」

いうなりクレバスに指を這わせてきた加納に、美沙緒は腰を跳ねさせてうわずった声でいった。

「おお、こりゃあすごい。もうあふれてるよ、美沙緒さん」

「いやッ、いわないでッ」

「美沙緒さんがこんなに感じやすくて濡れやすいとは思わなかったよ」

加納がいいながら、指でクレバスをなぞり、過敏なクリトリスをとらえてこねる。

抗しがたい快感をかきたてられて、美沙緒は感じ入ってそれが喘ぎ声になり、すぐに泣き声になってしまう。

──と、加納がクレバスに口をつけてきた。

美沙緒は息を呑むと同時に軀がヒクついた。

加納の舌がクリトリスをなぶる。上下に弾いたり、こねたり……その舌遣いが強弱、緩急自在で、なおかつ巧みに感じやすいポイントを突いてくる。

といって攻めたてる感じはない。美沙緒の快感をゆっくり引き出して、引き出された美沙緒のほうを『もっとォ！』とさらに快感を求めずにはいられなくする、そんな感じのクンニリングスだ。

美沙緒は為す術もなく高みに追い上げられて、よがり泣きながらオルガスムスのふるえに襲われた。

一瞬遠退いた気が、すぐに引きもどされて、美沙緒は喘いでのけぞった。

加納が膣に指を挿し入れてきたのだ。

「ん？　これはまたすごい！　美沙緒さんのここ、名器じゃないの。ぼくの指を締めつけて、そのまま軟体動物のようにうごめいてくわえ込んでるよ」

加納が驚きと興奮が入り混じったような声で生々しいことをいう。

美沙緒は『いやッ』といおうとしたが、声にならない。

「それにしても瀬島の気持ちがわからない。こんな名器を持ってる奥さんがいるというのに、どうしてセックスレスになってるのか。いや、ぼくとしたことがこんなことをいっちゃいけないな。もとより男女の仲は不可思議なもので、だからこそおもしろいんだから」

加納が独り言のようにいうのを、美沙緒はほとんど聞いていなかった。

それより、異様な感覚に襲われて戸惑っていた。

膣の奥深いところを指でこねられているような感覚——それはすぐにうろたえるような快感に変わって、

「うう～ん、ああ～ん……」

美沙緒は感じ入って腰をうねらせた。ひとりでにそうなるのだ。

「この子宮口の周辺部にある性感帯は、ポルチオ性感帯っていうんだけど、美沙緒さん、ここをこうやって攻められたことはあるの？」

加納が訊く。言葉どおり、子宮口付近を指でこねるようにしながら。

美沙緒は声もなく、かぶりを振った。それが精一杯だった。

「そう。じゃあ初めての素晴らしい体験をさせてあげよう。ここはね、Gスポット以上に女性を感じさせて、それどころか狂わせちゃうんだよ。なぜだかわかるかい？」

問いかける加納に、美沙緒は答える余裕などなかった。「狂わせちゃう」という言葉だけが頭に焼きついて、怯えていた。それを予感させるような、いまだかつて経験したことがない快感に襲われはじめていたからだ。

「それはね、このポルチオ性感帯を攻められたら、女性は何回でもイケちゃうからなんだよ」

加納が恐ろしいことをいう。

だが美沙緒はすでにその恐ろしい、狂ってしまう領域に入りかけていた。気持ちも軀もどこかに攫われていってしまうような、めくるめく快感に翻弄されながら。

「美沙緒さんは感じやすいから、初めてでも、もしやと思って期待していたんだけど、期待以上のようだね。どう？　ポルチオ性感、いいでしょ？」

訊かれて強くうなずき返した美沙緒の前に、いつのまにパンツを脱いだのか、加納が怒張を突きつけてきた。

美沙緒は自分からすすんで怒張を手にすると、亀頭に舌をからめていった。もはや目の前の快感を貪ることしか、美沙緒の頭にはなかった。


――夕刻、美沙緒はフランス料理店にいた。

デートの約束の時間より少し早く店にきたため、ひとりテーブルについて相手がくるのを待っていた。

その相手は、杉尾達也《すぎおたつや》という、テレビ出演を通して以前から知っているテレビ局のプロデューサーで、杉尾とのデートはこれが二回目だった。

杉尾からの誘いでデートするようになったのだが、ふたりはまだ特別な関係ではなかった。

杉尾はバツイチの独身で、美沙緒より一つ年上だった。

美沙緒も、杉尾に好感を持っている。ただ、このさき彼とどういう付き合いをしていくか、気持ちを決めかねていた。とはいうものの美沙緒自身、自分が独りでいることができないことは、もう痛いほどわかってもいた。

洸介と別れ、加納と関係を持ってから、およそ二カ月――この間に美沙緒は洸介とも加納とも逢っていない。

夫とはいま、美沙緒が家を出て別居中で、離婚調停に入っている。

「加納と寝たのか？」

美沙緒が家を出る前、加納の連載小説の二回目を読んだらしく、夫は怒りと嫉妬がにじんだ表情でそう訊いてきた。

その加納の小説には、主人公の加瀬と美由紀の情事が、ほぼ加納と美沙緒の情事のとおりに濃密に書かれていた。

「小説家の妄想を真実だと信じるかどうかはあなたの勝手だけど、もし信じるなら、あなたは玲奈さんと不倫してることになるわね。親友の奥さんと不倫するなんて、そんなことあるのかしら」

美沙緒が厭味たっぷりいうと、夫は顔を紅潮させただけで黙り込んだ。

そんなことを思い返していると、ガラス張りのレストランの外に杉尾の姿が見えた。

美沙緒は戸惑った。杉尾の姿を眼にしたとたん、なぜか体奥が熱くなり、ズキンと生々しくうずいたからだ。

加納との情事以来、この二カ月、美沙緒はセックスをしていなかった。（了）

＊本作品は書下しです。文中に登場する団体、個人、行為などはすべてフィクションであり、実在のものとは一切関係ありません。

◉新人作品**大募集**◉

マドンナメイト編集部では、意欲あふれる新人作品を常時募集しております。採用された作品は、本人通知のうえ当文庫より出版されることになります。

【応募要項】未発表作品に限る。四〇〇字詰原稿用紙換算で三〇〇枚以上四〇〇枚以内。必ず梗概をお書き添えのうえ、名前・住所・電話番号を明記してお送り下さい。なお、採否にかかわらず原稿は返却いたしません。また、電話でのお問い合せはご遠慮下さい。

【送付先】〒一〇一-八四〇五 東京都千代田区神田三崎町二-一八-一一 マドンナ社編集部 新人作品募集係

禁《きん》断《だん》の《の》義《ぎ》母《ぼ》

二〇二三年 七 月 十 日 初版発行

著者◉雨宮 慶【あまみや・けい】

発行◉マドンナ社
発売◉二見書房 東京都千代田区神田三崎町二-一八-一一
電話 〇三-三五一五-二三一一（代表）
郵便振替 〇〇一七〇-四-二六三九

印刷◉株式会社堀内印刷所 製本◉株式会社村上製本所 落丁・乱丁本はお取替えいたします。定価は、カバーに表示してあります。

ISBN978-4-576-23072-6 ◉Printed in Japan ◉©K.Amamiya 2023